O vampiro de Curitiba

Dalton Trevisan

O vampiro de Curitiba

todavia

O vampiro de Curitiba 5
Incidente na loja 11
Encontro com Elisa 19
Contos dos bosques de Curitiba 25
Último aviso 29
Visita à professora 33
Na pontinha da orelha 45
Eterna saudade 55
Arara bêbada 61
O herói perdido 65
Chapeuzinho Vermelho 69
Debaixo da Ponte Preta 73
Menino caçando passarinho 79
As uvas 87
A noite da paixão 97

Canteiro de obras 107

O vampiro de Curitiba

Ai, me dá vontade até de morrer. Veja, a boquinha dela está pedindo beijo — beijo de virgem é mordida de bicho-cabeludo. Você grita vinte e quatro horas e desmaia feliz. É uma que molha o lábio com a ponta da língua para ficar mais excitante. Por que Deus fez da mulher o suspiro do moço e o sumidouro do velho? Não é justo para um pecador como eu. Ai, eu morro só de olhar para ela, imagine então se. Não imagine, arara bêbada. São onze da manhã, não sobrevivo até à noite. Se fosse me chegando, quem não quer nada — ai, querida, é uma folha seca ao vento — e encostasse bem devagar na safadinha. Acho que morria: fecho os olhos e me derreto de gozo. Não quero do mundo mais que duas ou três só para mim. Aqui diante dela, pode que se encante com o meu bigodinho. Desgraçada! Fez que não me enxergou: eis uma borboleta acima de minha cabecinha doida. Olha através de mim e lê o cartaz de cinema no muro. Sou eu nuvem ou folha seca ao vento? Maldita feiticeira, queimá-la viva, em fogo lento. Piedade não tem no coração negro de ameixa. Não sabe o que é gemer de amor. Bom seria pendurá-la cabeça para baixo, esvaída em sangue.

Se não quer, por que exibe as graças em vez de esconder? Hei de chupar a carótida de uma por uma. Até lá enxugo os meus conhaques. Por causa de uma cadelinha como essa que aí vai rebolando-se inteira. Quieto no meu canto, ela que começou. Ninguém diga sou taradinho. No fundo de cada filho de família dorme um vampiro — não sinta gosto de sangue. Eunuco, ai quem me dera. Castrado aos cinco anos. Morda a língua, desgraçado. Um anjo pode dizer amém! Muito sofredor ver moça bonita — e são tantas. Perdoe a indiscrição, querida, deixa o recheio do sonho para as formigas? Ó, você permite, minha flor? Só um pouquinho, um beijinho só. Mais um, só mais um. Outro mais. Não vai doer, se doer eu caia duro a seus pés. Por Deus do céu não lhe faço mal — o nome de guerra é Nelsinho, o Delicado.

Olhos velados que suplicam e fogem ao surpreender no óculo o lampejo do crime? Com elas usar de agradinho e doçura. Ser gentilíssimo. A impaciência é que me perde, a quantas afugentei com gesto precipitado? Culpa minha não é. Elas fizeram o que sou — oco de pau podre, onde floresce aranha, cobra, escorpião. Sempre se enfeitando, se pintando, se adorando no espelhinho da bolsa. Se não é para deixar assanhado um pobre cristão por que é então? Olhe as filhas da cidade, como elas crescem: não trabalham nem fiam, bem que estão gordinhas. Essa é uma das lascivas que gostam de se coçar. Ouça o risco da unha na meia de seda. Que me arranhasse o corpo inteiro, vertendo sangue do peito. Aqui jaz Nelsinho, o que se finou de ataque. Gênio do espelho, existe em Curitiba alguém mais aflito que eu?

Não olhe, infeliz! Não olhe que você está perdido. É das tais que se divertem a seduzir o adolescente. Toda de preto, meia preta, upa lá lá. Órfã ou viúva? Marido enterrado, o véu esconde as espinhas que, noite para o dia, irrompem no rosto — o sarampo da viuvez em flor. Furiosa, recolhe o leiteiro e o padeiro. Muita noite revolve-se na cama de casal, abana-se com leque recendendo a valeriana. Outra, com a roupa da cozinheira, à caça de soldado pela rua. Ela está de preto, a quarentena do nojo. Repare na saia curta, distrai-se a repuxá-la no joelho. Ah, o joelho... Redondinho de curva mais doce que o pêssego maduro. Ai, ser a liga roxa que aperta a coxa fosforescente de brancura. Ai, o sapato que machuca o pé. E, sapato, ser esmagado pela dona do pezinho e morrer gemendo. Como um gato!

Veja, parou um carro. Ela vai descer. Colocar-me em posição. Ai, querida, não faça isso: eu vi tudo. Disfarce, vem o marido, raça de cornudo. Atrai o pobre rapaz que se deite com a mulher. Contenta-se em espiar ao lado da cama — acho que ficaria inibido. No fundo, herói de bons sentimentos. Aquele tipo do bar, aconteceu com ele. Esse aí um dos tais? Puxa, que olhar feroz. Alguns preferem é o rapaz, seria capaz de? Deus me livre, beijar outro homem, ainda mais de bigode e catinga de cigarro? Na pontinha da língua a mulher filtra o mel que embebeda o colibri e enraivece o vampiro.

Cedo a casadinha vai às compras. Ah, pintada de ouro, vestida de pluma, pena e arminho — rasgando com os dentes, deixá-la com os cabelos do corpo. Ó bracinho nu e rechonchudo — se não quer por que mostra em vez de esconder? —, com uma agulha desenho tatuagem obscena. Tem piedade, Senhor, são tantas, eu tão sozinho.

Ali vai uma normalista. Uma das tais disfarçada? Se eu desse com o famoso bordel. Todas de azul e branco — ó mãe do céu! — desfilando com meia preta e liga roxa no salão de espelhos. Não faça isso, querida, entro em levitação: a força dos vinte anos. Olhe, suspenso nove centímetros do chão, desferia voo não fora o lastro da pombinha do amor. Meu Deus, fique velho depressa. Feche o olho, conte um, dois, três e, ao abri-lo, ancião de barba branca. Não se iluda, arara bêbada. Nem o patriarca merece confiança, logo mais com a ducha fria, a cantárida, o anel mágico — conheci cada pai de família!

Atropelado por um carro, se a polícia achasse no bolso esta coleção de retratos? Linchado como tarado, a vergonha da cidade. Meu padrinho nunca perdoaria: o menino que marcava com miolo de pão a trilha na floresta. Ora uma foto na revista do dentista. Ora na carta a uma viuvinha de sétimo dia. Imagine o susto, a vergonha fingida, as horas de delírio na alcova — à palavra alcova um nó na garganta.

Toda família tem uma virgem abrasada no quarto. Não me engana, a safadinha: banho de assento, três ladainhas e vai para a janela, olho arregalado no primeiro varão. Lá envelhece, cotovelo na almofada, a solteirona na sua tina de formol.

Por que a mão no bolso, querida? Mão cabeluda do lobisomem. Não olhe agora. Cara feia, está perdido.

Tarde demais, já vi a loira: milharal ondulante ao peso das espigas maduras. Oxigenada, a sobrancelha preta — como não roer unha? Por ti serei maior que o motociclista do Globo da Morte. Deixa estar, quer bonitão de bigodinho. Ora, bigodinho eu tenho. Não sou bonito, mas sou simpático, isso não vale nada? Uma vergonha na minha idade. Lá vou eu atrás dela, quando menino era a bandinha do Tiro Rio Branco.

Desdenhosa, o passo resoluto espirra faísca das pedras. A própria égua de Átila — onde pisa, a grama já não cresce. No braço não sente a baba do meu olho? Se existe força do pensamento, na nuca os sete beijos da paixão.

Vai longe. Não cheirou na rosa a cinza do coração de andorinha. A loira, tonta, abandona-se na mesma hora. Ó morcego, ó andorinha, ó mosca! Mãe do céu, até as moscas instrumento do prazer — de quantas arranquei as asas? Brado aos céus: como não ter espinha na cara?

Eu vos desprezo, virgens cruéis. A todas poderia desfrutar — nem uma baixou sobre mim o olho estrábico de luxúria. Ah, eu bode imundo e chifrudo, rastejariam e beijavam a cola peluda. Tão bom, só posso morrer. Calma, rapaz: admirando as pirâmides marchadoras de Quéops, Quéfren e Miquerinos, quem se importa com o sangue dos escravos? Me acuda, ó Deus. Não a vergonha, Senhor, chorar no meio da rua. Pobre rapaz na danação dos vinte anos. Carregar vidro de sanguessugas e, na hora do perigo, pregá-las na nuca?

Se o cego não vê a fumaça e não fuma, ó Deus, enterra-me no olho a tua agulha de fogo. Não mais cão sarnento atormentado pelas pulgas, que dá voltas para morder o rabo. Em despedida — ó curvas, ó delícias — concede-me a mulherinha que aí vai. Em troca da última fêmea pulo no braseiro — os pés em carne viva. Ai, vontade de morrer até. A boquinha dela pedindo beijo — beijo de virgem é mordida de bicho-cabeludo. Você grita vinte e quatro horas e desmaia feliz.

Incidente na loja

Nelsinho marcou o cartão, desceu pelo elevador com o guarda-livros. Pediu que o justificasse perante o gerente, no caso de se atrasar: almoçava com o tio chegado de viagem.

— Por que não fala com o homem?

O herói mordia o canto da unha e, de instante a instante, sugava uma gota de sangue.

— O bruto me deixa aflito.

No bar da esquina o primeiro cálice — um gole só.

— Cuidado, rapaz. Bebe muito depressa.

Metendo-se na vida alheia, não se queixe o guarda-livros quando mergulhe no poço do elevador. Nelsinho virou mais dois tragos, saiu para a rua ensolarada. Olhava o relógio de pulso, embora sem pressa nem rumo, seguindo de longe as damas; ah, esquecera o óculo escuro, admirar-lhes as prendas sem se denunciar. Não resistiu a um chope bem gelado e enxugou o bigodinho.

Graças a Deus pelas mulheres, tão bem-feitas para serem acariciadas — ratinho branco, gato angorá, porquinho-da-índia. Algumas gostaria de embalar no colo. A outras pediria, virando o olho, que lhe queimassem o cabelo do peito na brasa do cigarro. Para onde girasse a cabeça, lá estavam elas, braços nus, a penugem dourada arrepiando-se aos seus beijos soprados na brisa fagueira. Seguiam a passo decidido, estremecendo as bochechas rosadas, indiferentes e tão distraídas que, se olhavam para ele, era através dele: nuvem, folha de papel, gota d'água. Voltando-se irritado, acompanhava o balanço dos cabelos na nuca, a ondulação das saias no boleio aliciante dos quadris.

Cão sequioso, a língua de sol resfolegava-lhe no pescoço. Jogou o paletó ao ombro, o toureador no seu manto de glória. Estava para o amor, não fosse a humilhação da carteira vazia — até a última das mulheres tem o seu preço. Mais um vale no caixa, o guarda-livros iria denunciá-lo ao gerente: o poço do elevador era o fim do espião. Sonolento da bebida, os bancos da praça convidavam-no para o descanso reservado aos pais de família. Resistiu impávido, desviou-se para uma rua transversal, observou a mocinha na calçada oposta — É ela. Agradeceu com falsa modéstia — Obrigado, Senhor. Eu não mereço.

Sem perdê-la de vista, preparava a abordagem. Os cartazes na parede sugeriam que fosse ao cinema. Vestiu o paletó para bem impressionar, atravessou a rua. Ultrapassou-a alguns passos, fingiu que lia os anúncios. Na vitrina a figura sinistra de galã barato: desde quando se reflete a imagem do nosferatu? Esfregou o lenço no nariz, onde latejava uma espinha — tarde demais para espremê-la. Então o coração de Nelsinho disparou: um amigo da família vinha ao seu encontro. Ainda não o avistara, escondeu-se atrás de uma coluna do saguão — vai saber que persigo a menina.

Ela admirava os deslumbrantes cartazes de Ava Gardner, não havia reparado em Nelsinho. Antes que pudesse olhar através dele — folha de papel, nuvem, gota d'água —, cumprimentou-a risonho e cuidadoso de não revelar o dentinho preto. A ingênua correspondeu ao sorriso. Aguardou um pouco, atrás da coluna, não fosse o amigo da família aparecer. Aflito, rompeu em marcha batida, esbarrou na menina, que estava abrindo a loja vizinha.

— Já vai entrar, meu bem?

Quase gritou, a mão no decote da blusa amarela:

— Puxa, que susto!

Meio-sorriso, verificou se era seguido.

— É aqui que você trabalha?

— ...

— Trabalha com quem? Ah, sozinha, é? Que importante.

— ...

— O teu patrão?

— Está doente.

— Loja de que é?

Era casa decadente, duas portas. A moça abriu uma das folhas, guardou a chave na bolsa com alça de bambu. Nelsinho relanceou os olhos na escuridão.

— Colchão, acolchoado, travesseiro.

— A que hora você sai?

— Fico até às seis.

— Se a encontrasse na saída?

Não roa a unha, desgraçado, que está perdido.

— Como é? Posso ou não posso?

Ela sorriu, no lábio uma gotinha de suor: sim.

— Ah, seu nome, qual é?

Ó, Senhor, não tens piedade; cometera o primeiro erro, voltando para a menina a orelha boba. Escapou-lhe o nome, já não teria coragem de repetir a pergunta. A seus pés, a nuvem de fogo tremulando no asfalto, como resistir à sedução da fresca penumbra?

— Será que podia entrar?

Avançou na frente dela, que ainda protestou:

— Não tem nada para ver.

Apertava os olhos, sem distinguir na sombra: pilhas de colchões erguiam-se pelos cantos. Curvou-se a menina, o trinco da segunda folha. O herói descortinou a face calipígia — quem diria, aquela mocinha magra! —, ficou tremendamente excitado. Estou cansado, Senhor, são tantas mulheres e eu tão sozinho. Ela não conseguia suspender a lingueta, ergueu-se a soprar o dedinho:

— Veja se faz alguma coisa. Puxe o trinco ao menos.

Sem beber, voltava ao que era: cão lazarento. Na penumbra, o bafio da loja decrépita. Encaminhou-se a menina para a outra porta. Nelsinho, ao sacudir o torpor, sentiu debaixo do pé o soalho vacilante e, cruzando com ela, alisou-lhe em furtiva carícia o cabelo ruivo.

— Não. Não me pegue.

Nelsinho inclinou-se para o trinco, o acento lânguido e perverso — *Não, não me pegue* —, em recusa que, tão indolente, era antes um convite, mudou de ideia e empurrou a porta com o pé. Lá fora, sentado no carro, um motorista gordo bocejando volveu a cabeça tarde demais.

Para surpresa de Nelsinho, não ficou no escuro: os dois quadros luminosos das bandeiras no soalho. A moça, ainda sem entender — meu Deus, terei de fazer uma carnificina? —, bulia na segunda porta. Chegando-se por trás, mãos em concha empolgou-lhe o busto. Sua longa busca recompensada e, sob as barbatanas, encontrou a mansa paz de dois pequenos seios. Surpreendida, sem largar a tranca, inocente do que lhe acontecia:

— Nojento... Seu nojento!

Ao ouvido bom do herói queixume de amor, algum travo de fúria. A moça cravou-lhe as unhas na mão. Ela enterrava as unhas, Nelsinho esmagava os seios com força. Crispando a mão, alegrou-se de roer as unhas, não a machucava mais do que devia. A menina não resistiu e gemeu, a cabeça inclinada para trás. Deixou que se voltasse. Soltando os seios, agarrou nas duas mãos o rosto. Ela girou e bateu com a bolsa na sua perna direita.

Beijou-a duramente na boca. Ela se opôs, sem conseguir afastar o rosto. O herói descolou os lábios para recobrar fôlego. A menina fitava-o com susto atrás do óculo de gatinha. Daí a beijou novamente. Continuava se recusando, mas não muito: abateu o braço, a bolsa escorregou. Nelsinho recuou um instante a cabeça para respirar. Na terceira vez a menina retribuiu, ainda de boca fechada — ele sopesava na palma um dos seios, precioso e frágil ovo quente do ninho.

Suspendeu o beijo, olhou ao redor: a luz das bandeiras na chita encarnada dos edredons e travesseiros azuis. O rosto nas mãos, arrastou-a até a pilha de colchões. A moça tombou com um gemido, o vestido suspenso descobriu a combinação branca enfeitada de rendas. De joelho, quis voltar a beijá-la, os dedos agarrados no seio. A bela fugiu com o rosto. Como também usava óculo, constrangido a retirar o seu, que rolou fora do leito e quase deu um grito no susto de quebrá-lo. Imobilizou-lhe o rosto, alcançou os lábios e, a beijá-la, subia o vestido, desde o joelho redondo até a amplidão da coxa alvacenta. A calça de malha, teria de rasgar.

Óculo embaçado da moça, estava de olho aberto? Ela não se mexia, ofegante de medo ou prazer. Nelsinho enterrava-lhe o nariz nos longos cabelos vermelhos — ai, Senhor, de nós dois qual a vítima?

Tateou o soalho empoeirado até achar o óculo. Morcego condenado à caça nas trevas, observou a boca infantil, antes agressiva de batom, indefesa nos lábios finos e entreabertos. Ergueu-se e, a seus pés, na trêmula faixa de poeira luminosa, a pecinha de malha rósea.

Bem-educado, deu-lhe as costas para se abotoar, recolheu as medalhas bulindo na corrente. Por sua vez, a bela ajeitou a anágua e as pregas da saia, alisando-a diversas vezes com a mão.

Voltara a sua timidez, uma vontade de chorar, como agir em face das damas? Não queria chegar tarde, podia perguntar a hora.

Também ela se atrasara na abertura da loja; dirigiu-se à porta, apanhando a bolsa no caminho, deslocou a tranca. Em galanteio, Nelsinho abriu a outra porta. Escancarou uma das folhas e abaixou-se para o trinco, que correu fácil. E o gordo que o tinha ouvido ou visto bater a porta? Piscou o olho: o carro lá não estava. A moça entretida com a máquina de escrever. Ah, Senhor, deste-me a voz, não as palavras. Pedir desculpa, combinar encontro, perguntar a hora? Antes que ela se voltasse, partiu sem se despedir.

Bateu o ponto, olhou o cartão. Chegara em tempo: o incidente na loja consumado em poucos minutos. Sentou-se à sua mesa, enrolou o papel na máquina: a mão suja de sangue. Foi ao banheiro lavá-la com receio de infecção. Ao procurar o lenço, não o achou, perdido na loja — o seu nome bordado no canto.

De repente viu-se no espelho, pálido de susto. Umedeceu o cabelo, penteou-se devagar: o cabelo fabuloso de Nelsinho. Sorriu entre surpreso e satisfeito, baixou a cabeça e murmurou: Obrigado, Senhor.

Encontro com Elisa

Para se abrigar da chuva, o herói entrou no botequim e, entre dois conhaques, admirava-se de relance no espelho. Seguindo a indicação do garçom, afastou a cortina viscosa de franja, atravessou a cozinha, saiu no quintal: a primeira porta à direita.

De volta, deparou à porta com a mulher embalando uma criança no colo. Ia passar, quando ela falou:

— Seu mascarado, hein?

Rosto na sombra, de costas para a luz, quem seria?

— Poxa, Elisa! Que fazendo aqui? Está mais gorda.

E pensou: De quantos meses, hein?

— Eu cumprimento. O senhor nem olha, não é?

— Desculpe. Não ouvi.

Havia meses trabalhava no botequim. Louca por voltar, e o dinheiro da passagem? Saudosa do filhinho que deixou com a mãe.

— Um senhor me convidou. Fazer vida com ele em Curitiba.

— Você dá o filho para sua mãe. E cuida de outro?

O bebê entendeu, abriu o berreiro.

— Espere aí. Vou pôr na cama.

Elisa cobriu a criança, atravessou correndo o pátio. Cruzou por ela uma menina de uns nove anos, sem se apressar na chuva. Passou de cabeça baixa por Nelsinho, entrou na cozinha.

A bruta fera que, embora domesticada, lambendo a mão ferida do dono, não resiste ao grito do sangue: Elisa vinha para ele, olhava duro e sem piedade.

— Como vai de amores?

— Ninguém me quer.

Atraiu-a pelo braço e beijou-a. Elisa tinha um dente partido, onde a pontinha da língua foi se alojar. A mão empolgava o seio da moça ofegante.

— Só porque eu disse que ninguém me quer?

Olhava sem responder, já não tinha voz. Ela foi ver se havia alguém na cozinha.

Nelsinho observou ao lado da casa mesas e bancos ao ar livre, engradados de garrafas vazias.

A um canto, a mesa escondida pelo biombo. E a cabeça louca trabalhando: Onde é que vai ser? Enxugou o óculo na camisa.

Assim que a bela voltou, agarrou-a debaixo da garoa.

— Vamos sentar, meu bem.

— Não vê que o banco está molhado?

— Então ache um lugar.

Frias réstias por entre as frinchas de duas janelas iluminavam as poças. Elisa descobriu um saco enxuto de estopa. Esfregou-o com força no banco, sentaram-se atrás do biombo. Ele desabotoou-lhe a blusa, fez saltar o seio. A garoa umedecia a nuca e a moça arrepiava-lhe os cabelos com dedo gorduroso.

— Podem dar pela minha falta.

— A que hora você sai?

— Moro aqui, seu bobo.

Em desespero o herói roía as unhas.

— A criança dormindo. Lá no quarto?

— Engraçadinho. E minha filha?

— Que filha?

— Ora, a que passou por aqui.

— Não sabia.

— Acho que ela desconfiou. Preciso entrar, volto logo.

— Quanto tempo?

— Dez minutos.

O rapaz mordia-lhe a pontinha da orelha.

— Paciência, meu amor.

Elisa fechou a blusa, mas não se ergueu. Tanto o marido a fizera infeliz, depois abrira asas. A falta do filho, obrigada a deixá-lo com a mãe: ele chorava muito, era despedida. Quem dera alguém a levasse para Curitiba. Nem carecia levar, bastava pagar a passagem, dela e da filha.

— Olhe para lá.

Nelsinho virou o rosto, ela saiu correndo. Ficou só, onde é que podia ser? Entre as pilhas de engradados lugar para duas pessoas em pé — ao abrigo, apesar da lama.

O clarão de uma vela no pátio. Alguém que buscava uma bebida qualquer? Encolheu-se atrás das caixas. A menina — era a menina — passou, a mão em concha defendendo a vela do vento. Sondou entre as mesas, foi até o portão e voltou — sem apanhar garrafa nenhuma. Nelsinho girava à medida que ela avançava ou se afastava.

Tão assustado, mordeu os berros do coração. Não conseguiu abrir o portão: encurralado. Entre o muro e a casa dois varais de pontas ameaçadoras. Ia ver o que era e novamente a luz da vela.

Desta vez a menina dava a mão a uma mulher, seria a patroa? Em pânico, o herói desejou sumir na lama. Quem olhasse, enxergaria apenas uma barata, encolhida sob o pé que a vai esmagar. Colou-se ao muro, invisível pelo milagre do seu delírio.

Deixou-se ficar, a perna direita dobrada, com o pé na parede, sem voltar a cabeça. Ela vê que estou bem-vestido, sou rapaz de família. Imóvel, debaixo da garoa, enquanto as duas iam e vinham, espiando entre as pilhas de garrafas. A vela iluminava todo o terreno, não podiam deixar de vê-lo — a não ser que a mão do Senhor lhes apagasse os olhos. Fixando duro em frente podia distinguir, ao clarão da vela, que as duas varas eram os pés de um carrinho, voltado contra a parede.

Nem um reflexo bulia no óculo, agachou-se no canto escuro, chorou baixinho — ah, com essa eu não contava. Deus do céu, foi a última vez: gotas de vergonha escorriam do queixo na preciosa gravata de bolinha.

Ouviu o chinelinho, mais que depressa enxugou os olhos. A bela não o descobriu no esconderijo até que ele se ergueu.

— O que está fazendo aí?
— Puxa, veio um mundo de gente.
— Quem é que veio? Alguém te viu?
— Tua filha e uma velha desgraçada. Acho que tua patroa.

— Ela te viu ou não?
— É bem capaz.
— Pobrezinho. O coração pulando... Sai da chuva, amor.

Outra vez procurando um lugar. Abraçados cambalearam afundando os pés na poça. Debaixo do beiral, ela coube entre os pés do carrinho sem a roda. A ponta da língua rolou no céu da boca, recolheu-se na falha do dente.

Depois de se pentear, Nelsinho ajeitou a onda na testa.

— Por onde eu saio?

Ele na frente, ela atrás.

— Fechado.
— Sei abrir.

O herói assobiava todo lampeiro. Elisa gritou aflita:

— Quando te vejo?

Acudiu sem se voltar:

— Em Curitiba.

Contos dos bosques de Curitiba

Nelsinho encostou a porta, encurralada a moça no canto:

— É hoje.

Roçou a sombra do lábio, a espinha na asa do nariz. Ela voltou-lhe a face: beijou-a ferozmente na boca.

Fechou a porta, empurrando-a com o pé. Certa que iriam ficar nos toques e blandícias, pendurou-se ao seu pescoço. Pousou a mão no peitinho, ela se encolheu: vergonha do seio pequeno? Era dona experiente, sem provocá-la não conseguia nada:

— Duvido seja carne — é borracha!

— Não faça isso. Vem gente. — Suspirosa, pesando cada vez mais no seu ombro. — Se vem gente?

O herói estendeu a mão, deu volta à chave:

— Vem não.

Arquejante, estalou os dois colchetes, ergueu-lhe a blusa. Ela que baixou o sutiã. Surgiram dois bocados cor-de-rosa:

— Nunca vi coisinha mais linda!

Ai, mãezinha do céu, aquilo sim era seio — dois de uma vez, sem mentira. Se apertasse o biquinho espirrava leite?

Brasão de família, ela confidenciou que o da mãe era mais bonito.

— Depressa. Vem gente.

Risinho abafado, queixou-se de cócega.

— Que maravilha — a mão cheia, ele sopesava o fruto. — Ó perfeição da natureza!

Ares de distraída, olho ausente no teto:

— Sou nervosa. Hoje estou fria.

— Como é que você gosta?

— Sem inspiração eu não posso.

— Ah, é...

Beijava-a raivoso, lábio inchado de mordida. Ela titilou a língua no céu da boca. O herói, sem sair do lugar, descreveu duplo salto-mortal.

Deslizou a mão no joelho, debaixo da saia cinza. Magra, usava anágua. Assustadiça, arregalou o olho:

— Não. Não. Aqui não.

— Seja boba.

Conversinha em sussurro, na ânsia louca do mais cobiçado prêmio da terra.

— Querido, pode vir alguém.

Na última resistência, vencida pela surpresa. Levantou-lhe a anágua e viu — o que ele viu? Babados, brincos e rendas da ilha da Madeira!

— Ai, você me machuca.

Da vacina contra varíola, queixou-se de íngua no braço.

— Já faço benzedura de íngua.

A bela soltou o botão da saia e correu o fecho. Agora de blusa e anágua. Sem blusa. Sem anágua, desfeita aos pés. Magrinha e branca, dava pena — deitou-a no sofá de couro vermelho.

— Espere, meu bem.

Ela derrubou o sapato, raspando na beirada o calcanhar. De joelho no tapete, Nelsinho babujou-lhe o seio.

— Me olhe. Abra o olho.

Toda trêmula, escondeu o rosto no seu ombro:

— Sinto vergonha.

Gemido abafado de terror:

— Tenha pena de mim!

— Juro que...

Quem me dera um espelho, uma almofada, um anel mágico.

— ... não faço mal.

Sem inspiração, a bela enterrou-lhe a unha no pescoço:

— Me beije. Ai, meu amor — e rilhando com fúria os dentes. — Ai, me beije.

Último aviso

Duas da tarde, Nelsinho viu a fulana descer do ônibus. Na esquina o tal Múcio, com quem trocou olhares. Entrou no cinema, o sujeito atrás.

Apagada a luz, sentaram-se na última fila, a conversar em voz baixa. De sua cadeira Nelsinho não os podia ouvir. Certo que não prestavam atenção ao filme. No meio da sessão, Múcio levantou-se e saiu.

O herói pediu licença, sentou-se ao lado, precisava falar com ela.

— Está louco? Sabe que sou casada.

Por ele não fazia diferença.

— Olhe que chamo o guarda.

— Aí, safadinha, pensa que não vi?

— Não tem nada com minha vida.

— Eu não. Teu marido pode ter.

— Se disser alguma coisa, conto que me perseguiu.

— Isso é velho. De você eu sei coisas do arco-da-velha.

Ofendida, Odete ergueu-se e, subindo a escada, foi para o balcão. Minutos depois, o rapaz surgiu ao lado.

— Como é? Posso falar com você? Sabia que teu marido tem amante? Sabia que eles se encontram à noite? Ainda não sabe, não é? Já vi os dois juntinhos em tantos lugares. Sei que ele pouco demora em casa. Trata você aos gritos quando lhe pede dinheiro. Foi seduzido por essa tipa. Me dói o coração ver você desprezada. É a única de quem gostei na vida. Tire a máscara dessa sem-vergonha. Também é casada. Mãe de filhos, quem sabe do teu marido... O homem dela viaja muito. Na sua ausência, ela se mostra o que é: uma sirigaita. Pode que aconteça uma tragédia quando o marido volte e alguém conte. É bobagem brigar com o teu. Sabe como são os homens. São fracos — não resistem a um palminho de cara bonita. Cuidado com essa aventureira, que se entrega a ele de olho fechado. Quer um conselho, Odete? Olhe, você dê o desprezo. Faça com ele o mesmo que lhe faz.

Sem responder, a bela foi para a plateia, seguida de Nelsinho. Ameaçou contar ao marido assim que chegasse. Ora, se falasse qualquer coisa, não a surpreendera com outro? Odete saiu furiosa, esqueceu até a sombrinha. Em casa, descreveu o incidente à sua velha mãe:

— Não se pode ir sozinha ao cinema.

Aconselhada pela velha a nada revelar ao marido. Muito nervoso, alguma desgraça. Odete insistia, olhos sonhadores, na loucura do rapaz. Intrigá-la com o marido não era vingança de um doente de paixão?

Aquela hora o nosso herói telefonava para o marido:

— Boa tarde, seu Artur. Como foi de viagem? Viajar é bom — quando a mulher fica em casa.

— Que história é essa? Quem está falando? Não estou entendendo.

— Aqui é um amigo. O nome não interessa. O caso é tão delicado. Não sei o que diga. Por onde comece.

O marido viaja, a mulher fica de namoro. O senhor merece essa falseta? Vou contar o que sei. A sua mulher... Ela tem um amante!

— Canalha! Dou um tiro na boca. Você prova, seu patife? Então, diga. Quem é que anda com minha mulher?

— Um tal doutor Múcio.

No súbito silêncio, e antes que o palavrão explodisse, Nelsinho desligou. Da folha branca alisou as rugas. Grande sorriso até o fim da carta, em letra de fôrma, com a mão esquerda:

Dr. Múcio
Grande filho da mãe
Previno-te cuidado! Cuidado!
De hoje em diante vou te perseguir
Já não fiz asneira porque não quis manchar o meu nome
De hoje em diante farei meus pensamentos
Já considerei tua mulher e teus filhos
Mas como você é covarde só merece uma bala na cabeça
E te previno pense bem na tua mulher e teus filhos
E outros inocentes que andam sofrendo no mundo por tua
causa
Covarde sem-vergonha descarado
Pense no futuro do teu lar porque tua vida é curta
Se continuar tirando a honra das mulheres casadas
Você também é casado e anda corneando os maridos
Não é só com a minha tem muitas outras
Não pense que eu sou um covarde como você
Tenho coragem para tirar teu miolo fora

Talvez você não alcance o Ano-Novo
Farei uma limpeza em Curitiba
Eu só desejo a vingança
Derramarei o sangue deste desgraçado na rua
Cuide do teu pelo
É o último aviso.

Visita à professora

Girando o pacote no laço do barbante azul, Nelsinho deteve-se diante do prédio esquálido. Conferiu o endereço no embrulho — ó santíssimas mães de Curitiba! Ao longo do corredor sinistro, o bafio do lixo nos cantos. Que dona Alice não estivesse em casa — quatro da tarde, escolhida a hora de propósito — e, limpo no seio das famílias, deixaria o regalo com o porteiro. Livre para a sua dama dourada no bar dos marinheiros.

Aos trancos, arrastou-se o elevador ao segundo andar. Não fosse herói de caráter, esquecia o embrulho ali na porta e adeus, dona Alice. Gemeu baixinho — afinal, a primeira professora da gente, ensinara-o a ler, escrever o nome, as quatro operações — e apertou a campainha. Nenhum som do outro lado. Sabia o que era uma antiga professora, acha você o eterno menino de calça curta. Impossível dar o recado e despedir-se: o pacote era a maçã no primeiro dia de aula. Não o largaria sem que aceitasse um cafezinho e ouvisse os queixumes de solteirona. Vou tocar outra vez e, se não atender, caio fora. Apalpou o objeto — fofo, um cachecol? —, decidiu abandoná-lo na porta. Era tarde: chinelos cansados arrastavam-se em surdina. Duas voltas na fechadura — solteirona guardada a sete chaves.

— Como vai a senhora, dona Alice? Lembra-se de mim?

No corpo magro a cara gorducha, pisada de sono, olheira doentia. Pela fresta, a voz rouca, que a fisionomia era familiar, do nome não se recordava.

— O Nelsinho, de Curitiba. Seu aluno no grupo Tiradentes.

Escancarou a porta e o sorriso de dentinho amarelo:

— Menino, como cresceu! Meu Deus, quanto tempo...

Um caco de velha — o piolho que se oferece ao machado do estudante. Surpreendeu-o fosse menor que ele. Bem se lembrava, arco-íris de braço nu com o quadro-negro ao fundo, cacho de glicínia azul perfumando a sala — ah, como era linda ao olho míope da infância. No chinelo de pano alcançava-lhe o ombro — o mesmo dentinho separado, a sombra de buço no rosto sem pintura.

— Sábado eu cochilo depois do almoço.

Acanhada, alisou o negro cabelo, um e outro fio branco.

— Entregar este pacote. Dona Eponina que mandou.

— Mamãe sempre a abusar dos outros — apertou o embrulho nos dedos trêmulos. — Meia de lã. Muito gentil, Nelsinho. A mãe não sabe da invenção do correio.

Com olho de espanto:

— Então o Nelsinho! Um bonitão. Não precisa encabular. Meus alunos são os filhos que não tive.

Ele, quieto: é da velha professora falar demais.

— Sempre caladão? Não quer entrar?

— A senhora me desculpe. Estou com pressa.

— Deixe de cerimônia. Conversar um pouco. Saber de sua vida. Os colegas como vão?

Nelsinho entrou na sala e, a porta aberta do quarto, avistou a cama larga de casal. Ela encostou a folha:

— Não repare a desordem. Levantei agorinha.

Sentou-se no canto do sofá e foi respondendo — maldição, esquecera a machadinha no outro paletó! — às perguntas sobre os colegas. Uma, casada, mãe de dois filhos — *Virgem do céu, como passa o tempo!* Outro, morto em desastre de avião — o de cachinho, Sérgio, seu preferido.

— Tinha raiva de mim, Nelsinho? Uma vez eu o botei de castigo. De joelho sobre grãos de milho, que horror! Bruxa pavorosa, não era?

A mais querida das bruxas pavorosas — intata na memória, saia preta e blusa alvinitente de rendinha.

— Capaz de me perdoar, Nelsinho?

— Bem que eu merecia.

— Me conte. Os seus planos. Gostaria de ser médico?

— Não sei, dona Alice. Ando meio perdido.

— Bobagem, menino. Um rapagão feito você! Quantos anos tem?

— Vinte e um — exagerou um ano e, o carão purpurino de donzel aflito, de novo o aluno de mão pecaminosa no bolso. Disfarçando a perturbação, em tom dramático, o desejo de romper com a família. Ser ele mesmo. Dar as costas à velha cidade era nascer segunda vez.

— A vida inteira pela frente, Nelsinho.

Pensativa, cruzou a perna — ai, quanto lápis o menino derrubara a fim de espiar-lhe o joelho roliço. Na coxa branca — ó mãe do céu — a famosa liga: preta e não roxa, como imaginava. Ai, naquele tempo ainda se usavam ligas... Não era tão idosa, dez anos mais, vinte que fosse.

— Nunca devia ter saído de casa.

— Arrependida, dona Alice?

— Menino, por favor. Não me dê senhoria. Deixa tão velha. Olhe, fazer um trato? Dois colegas recordando os anos de escola.

Sem se distrair com nenhum lápis, mal sentado no sofá, ouviu mais de uma hora os tempos que vão longe: não lhe serviu licor de ovo, ao menos um cafezinho.

Da casa para o emprego e do emprego para casa. Chamar de casa àquele apartamento sem ar, sem luz, sem sol? As tipas da repartição, vulgares e fáceis, uma promiscuidade horrorosa. Mocinha que vive só, dar-se ao respeito. Mãe do céu, como era difícil! Assediada a toda hora, em todo lugar. Homem? Um grande porcalhão. A moça esteja só, exibe ares de conquistador. Chegavam a bater-lhe na porta. Mal dormia, um ladrão debaixo da cama? Amigos não tinha. Noiva dois anos, o rapaz ganhava pouco, sem meios de casar. Cinco meses antes, transferido para São Paulo.

Tivesse ficado em casa, mas como podia? O escândalo com o diretor do grupo, senhor casado, fora inocente envolvida. Triste, com tosse: um ano no sanatório. O médico proibiu a friagem do sul.

— Ah, Nelsinho, você soubesse...

Anoitecia, aquietavam-se os bondes. Era sábado, apertou-lhe a mão:

— Doce alegria o encontro de um curitibano.

Interessado nos quadrinhos da parede — pinheiros ao pôr do sol —, sem interromper o monólogo do coração oco na casca vazia da cigarra. Alguns dias em casa para as bodas de ouro dos pais. Fim do ano, a licença suspensa no emprego. Natal, a pior época de estar só. Sozinha no apartamento, a alegria em todos os lares. Blusa nova e luva de crochê, estendida na cama, olho pregado no teto. Os bondes, a discussão dos bêbados, os vizinhos em volta da mesa.

— Esse teu noivo? Gosta tanto de você. Como é que a deixou?

A mãe dele, grande sirigaita, morria se o filho a abandonasse. Manhã seguinte, a bela abriu os olhos desesperada e chorou três dias, sem coragem de fitar-se no espelho, ir ao emprego, sair à rua. Sem lavar a pintura do rosto, sem cozinhar, passando a leite e bolacha Maria. Noite e dia a imaginar-se com a família. Sua alegria eram as visitas a Curitiba. Hóspede de honra, todos cuidavam de agradá-la. Era fevereiro — um soluço partiu a palavra, Nelsinho não desviou o olhar dos pinheiros — e só voltaria em dezembro.

— Não sabe quanto é feliz, menino.

Encolhida no canto, fez-se ainda menor:

— Quando viaja?

— Semana que vem.

No silêncio, entre as frases, o gorgolejo das entranhas famintas.

— Largar tudo e cair na orgia. Em Curitiba falam de mim. Que sou de bacanal. Pobre de mim, uma vida de freira. Se meu noivo não se decide, eu perco a esperança.

Perseguida na repartição, as colegas recebiam aumento, ela se defendia das mãos imundas — todo patrão é porco. Em dúvida se o pai a aceitaria de volta.

— Alberto não se decide, eu perco a esperança. Capaz de uma loucura. O que as outras fazem. Boba, esperando carta do menino, agarrado à saia da mãe.

Piedade ou fome, Nelsinho acudiu:

— Tem algum programa, dona Alice? Se não tem, quer jantar comigo?

Mordeu a língua, arrependido: pouco dinheiro, não podia gastar com a professora. No Rio para uma bacanal com a dama pintada de ouro.

— Pronta em cinco minutos. Fique à vontade. Ouvir música?

Ele deu alguns passos pela sala em penumbra. Cubículo escuro: a cozinha. Na mesa, copo de leite coberto por um pires. E o prato vazio: nem uma só migalha. Dona Alice surgiu à porta do quarto.

— Uma condição: pago a metade.
— A senhora é minha convidada.
— Que mal tem? Aqui é costume.
— Aqui pode ser. Não de onde eu venho.
— Bem paranaense, hein?

No terceiro disco, ela voltou:

— Estou pronta.

Toda de azul, luva de crochê, salto alto. Uma fita no cabelo, não se pintara. Sem brinco ou pulseira — não tinha anel de noiva?

— Quer ir ao banheiro?

Bem paranaense, embora com vontade, o herói recusou.

— Tem restaurante por perto?

— Restaurante é que não falta.

No elevador desceram com um sujeito que, mão no bolso, ficou a encará-la de alto a baixo.

— Reparou no tipo? O prédio é meio suspeito.

No quinto andar uma colega promovia festinha. Sugeriu restaurante onde ia com o noivo. Os automóveis em corrida louca e, para atravessar a rua, segurou-lhe o braço. Ao manso toque, Nelsinho examinou-a de relance — gesto natural de defesa. Na calçada, Alice retirou a mão.

— Envergonhada do triste papel. Chega de falar de mim. Conte alguma coisa. Como vai de namorada?

Primeiro assunto que o interessava: a catástrofe da última paixão! Nunca mais gostaria de outra mulher.

Oito horas de uma noite quente de fevereiro: casais à sombra das árvores, escondidos nos portais, ao longe deitados na praia.

— Cuide-se, menino. Aqui dá muita vigarista.

O olhar dos outros, chocados da diferença de idade entre Nelsinho e a companheira, confundindo-os com um par de namorados.

O senhor gordo atalhou o caminho.

— O rapaz é da minha terra. Veja o ar saudável.

Apalpando-lhe o braço, o sujeito em voz baixa:

— Olhe, querida. Não faça isso, minha flor.

A bela ria-se — o brilho suspeito do dentinho de ouro. Outra, não a moça infeliz do apartamento, debruçada no ombro do gordo, muito íntimo.

— Mais respeito, Moreira. Olhe que é do Paraná. O menino pensa que sou bandida.

O herói mordeu-se de raiva. Com ares protetores, ah cadelinha.

— Paciência, Moreira. Não pode ser. Que tal amanhã?

Luz vermelha acendeu na testa de Nelsinho, bruxuleou um momento, apagou-se.

— Vamos, meu bem.

Ela o chamara meu bem. Única mulher que, aos oito anos, meu bem o chamara, nunca mais esqueceu.

No restaurante, Alice beliscou a carne branca do frango. Sem apetite, jantava a hora tardia, essa vida de cidade grande.

— A senhora...

— Me chame de você.

— Mais um pedacinho. Muito magra...

Cala-te, boca! Era tarde: olho cheio de terror.

— Magra, não é? Me achou magra, não é? Não tenho passado bem. Uma gripe muito forte.

— Outro conhaque. Não bebe nada?

— Suco de laranja. Fazer companhia.

A bela evocou o noivo. Nelsinho bebericava mais uma dose. Alice acabou aceitando uma cerveja. Falava de futebol, Alberto era fanático. Aprendera tudo a fim de conversar com ele. Triste consolo de sua ausência, no domingo ouvia os jogos de São Paulo.

— Não fumo, obrigada. Me faz mal — e tossiu no lenço machucado entre os dedos.

Outra vez, cala-te boca. Sentimento delicado, a saúde delicada: ano inteiro no sanatório. Nelsinho sonhava com a orgia do doente, a febre o excita. Marcada na cidade natal: moça fraca do peito, falada demais para casar. Bancando a virgem: o tal noivo devia ser amante, quem sabe gigolô. Ai, ai, estou de pileque.

— Pronta?

O programa era o bar dos marinheiros. Chamou o garçom.

— Vamos dividir.

— Que é isso, Alice? Senão me ofendo.

Refizeram o caminho, ele um pouco na frente, tomado de pressa. Ofegante, Alice falava menos.

Deixo-a no elevador, nunca mais me vê. Empurrou a porta, bem agitado:

— Que horas serão?

Ela espiou o relógio de pulso:

— Onze e meia. É cedo. Entre um pouco. Uma caminhada e tanto.

Brilhou o foco na testa e não se apagou. Pena, tão abatida, a cara balofa no ressequido corpo.

— Um cafezinho. Depois livre de mim.

Abriu a porta, já descalça:

— Mulher é boba. Só usa sapato apertado.

Foi botar o chinelo e, no caminho, um disco na radiola.

— Entre aqui. Ouve melhor.

A bela dirigiu-se ao banheiro. Ele sentou-se na beira da cama. Alguns discos ao pé da radiola: *Para a querida Alice, com o amor do... À querida Alice, do seu querido... Alice, sempre querida, com o amor do...* Na capa, em cada dedicatória um nome diferente.

Ela tornava do banheiro, sem o casaco. Ó não, pintara o lábio carnudo. Uma senhora gasta e cansada, a mãe da professorinha — enganar a filha com a mãe seria trair a mais doce lembrança da infância.

Perturbada, Alice encontrou o seu olhar. Arrastando o chinelo, abriu a cortina, debruçou-se na sacada.

— Venha ver.

Grupo de meninos ensaiava marchinha de carnaval.

— O tempo de professora foi o melhor de minha vida.

Sacada estreita e, ao indicar um dos pretinhos, roçou-lhe no braço o peito mirrado.

— Ai, que frio! Toda arrepiada.

— Dormir com esse barulho?

Mão na boca, sofreu acesso de tosse. Em Curitiba a notícia de que desenganada. Durante o jantar, tossiu mais de uma vez, sem largar o lencinho. Arregalada de pavor quando a achou magra. Enxugando as lágrimas, o barulho da rua não era nada. O inferno eram os bondes. Primeiros meses debatia-se na cama até de manhã. Com o tempo a gente acostuma. Às vezes um sedativo, não queria se viciar — muito nervosa.

— Como estou arrepiada...

Entrou no quarto para mudar o disco. Nelsinho cuspiu na rua. Já que não fazia o café:

— Preciso ir.

Ocupada com a radiola, nem ergueu os olhos:

— Alguém esperando? Se não tem, fique aqui.

Sem responder, Nelsinho insinuou-se no banheiro — estou perdido, e agora? Duas voltas na chave e urinou, cuidado de não fazer barulho. Como se lançar da janela, se não havia janela? Bonitão no espelho, assim calado, deu um arrotinho: puxa, estou bêbado. Abriu o armário e, atrás do pote de creme, uma caixa de preservativo. Boca amarga, cigarro demais: esfregou a pasta nos dentes. Ensaiou uma frase de despedida. Abro a porta, aceno de longe — Adeus, beleza! e me atiro pela escada.

Abriu a porta e estacou: a luz apagada. O quarto na penumbra vermelha do painel da radiola, um disco em surdina. Imaginou Alice na sacada. Ou na cozinha preparando o café. Então ela se mexeu na cama.

Alguns passos, hesitante no meio do quarto. Outra vez, ela se agitou na cama. Devia-lhe alguma coisa pelas primeiras letras? Arrastava o pé, receio de tropeçar no tapete: não havia tapete. Calcou objeto macio, o pacote das meias, ainda fechado. Na sombra distinguiu a cama, os dois travesseiros, a dona inteirinha nua.

Suplicante, estirou-lhe os braços, crispando os dedos no vazio. Irresoluto, o moço apoiou o joelho na cama.

Chio de triunfo no peito, Alice prendeu-lhe as mãos na nuca. Rosto sanguinolento à luz mortiça, a boca aberta de vampiro descarnado e lascivo — sem poder esperar, a ponta da língua dardejava entre os dentes. Ele se deixou beijar — ó soluço azedo de cerveja —, adeus para sempre ao menino. A agulha recorreu o último sulco e passou a arranhar o disco, sem que nem um dos dois a desligasse.

Na pontinha da orelha

Nelsinho abriu o portão, equilibrou-se nos tijolos soltos e, diante da porta, conchegado no saco de estopa, onde limpava os pés, deu com o Paxá. Tarde o cachorro descobriu que era ele, havia rolado os três degraus com o pontapé. Velho e doente, nem rosnou, apenas gemeu de dor; trêmulo, arrastando a perna, perdeu-se no fundo do quintal. O rapaz bateu na porta e, sem esperar, entrou na cozinha deserta. Ouviu as vozes do rádio e, pontinha de pé, dirigiu-se para a sala.

Do corredor espiou a velha na cadeira de balanço, tigela erguida ao peito, a engolir com avidez o caldo de feijão. Imóvel à porta, ele não a tinha enganado: a velha sorvia ruidosamente a sopa, sem deixar de seguir a novela. Nada que denunciasse a atenção — nem piscar de pálpebra, nem arfar de narina, escancarada a boca quando a colher ainda na tigela —, sabia de sua presença desde que saltara do ônibus na esquina. Sob a ladainha dos atores percebia o chio do sapato na areia, o leve toque na porta. Jamais lhe deu as costas — não seria ela, velha matadora, quem se descuidasse do touro. O herói espreitava o dia em que a surpreendesse no sótão, à beira da escada...

— Boa noite, dona Gabriela. Já veio a Neusa?

— Trocando de roupa. — E segundo a regra do jogo: — Que susto, meu filho, me pregou! — e a colher raspava o fundo da tigela. — O Paxá, coitado, não tem força de latir.

Aviso de que não subestimasse as velhas matadoras: sabia do pontapé no guapeca do coração. Depositou a tigela na mesa do lado. Mão trêmula, alcançou o copo.

— Tomando sua cervejinha, dona Gabriela?

Expressão obscena de gozo, bebia de olho fechado.

— Ganhei do Noca.

— A primeira?

— É, sim.

— Acabou a garrafinha de rum?

Bigode de espuma na boca encarquilhada.

— Fale baixo, a Neusa escuta.

Exibiu entre as raízes podres o último canino amarelo.

— Um restinho só.

— Que tal mais uma?

— Minha perdição é você, meu filho. Emprestada, hein? Faço questão de pagar.

— O Zezinho não aliviou a carteira?

— Nem queira saber.

Suspiro nas entranhas da velha, que emborcou o copo. Apressou-se o rapaz em servi-la.

— Bem que escondi — e deu um arrotinho. — Essa tosse... Quero ver se descobre.

— Tem muito dinheiro, não é?

A velha girou o rosto — não desvie o olho, conde Nelsinho, que está perdido.

— Ai de mim. Tivesse dinheiro, estava gemendo e sofrendo nesta cadeira? Pensa que tenho, é?

No buço da velha secavam as bolhas de espuma.

— Quer outra garrafa?

O dedinho inchado de nós catou fiapos da saia.

— Conte para ninguém, meu filho. Senão eles escondem. Não me dão um gole.

— Fique descansada. É segredinho.

— Cuidado, a Neusa.

Ele virou-se, não disfarçou a careta de desgosto.

— Que foi, meu bem?

— Esse vestido.

Até que engraçadinho, xadrez azul e preto.

— Que é que tem?

— Sabe que tenho pavor.

A virgem há que fazê-la rastejar. Lavar meu pé, enxugá-lo no cabelo perfumado.

— Quer que mude?

Alguma vez iria enfrentá-lo, não hoje:

— Bobinha de mim.

Neusa ergueu-se para beijá-lo. Ele voltou o rosto e, franzindo a sobrancelha, designou ali a múmia, pescoço torto a fim de aproveitar a última gota. A garrafa vazia deixou a velha amarga. Mal o percebeu instalado na cadeira:

— Ai, meu filho. O que é a doença. Deus te livre sofrer como eu. Velho pode morrer, ninguém liga.

Cruz na boca, ó diaba agourenta.

— Disse bem, dona Gabriela. Cadê o pessoal?

— Lígia no cinema com o Artur.

— E o Zezinho?

— Acha que podiam ir só os dois?

Afogá-la no barril de rum — ela e o chantagista do Zezinho.

— Não tem medo de ficar sozinha?

Ela reclinou-se na cadeira, à mostra o tornozelo inchado — um labirinto de grossas varizes roxas.

— O velho sempre só. Nem queira saber o que é viver assim. A ninguém desejo o que sofro. Eu que sei. Isso não é vida. Deus me perdoe. Deus não existe. Se existisse, me deixava tanto sofrer?

Faraó sentado no sarcófago, crispava no joelho pontudo a mão transparente. Ali grudadas duas, três moscas.

— Justo cada um pague os seus pecados. Não eu, que nunca desejei mal. Me matei de bater roupa no tanque. Gastei os dedos de esfregar a chapa do fogão. Perdi os olhos de costurar à noite. Se alguém devia sofrer não eu — era o Carlito. Devia ter acontecido para o Carlito.

— Ele não morreu?

— Levou uma vida feliz. E não sofreu para morrer. Os dias bebendo com as vagabundas. Me arrebentei de trabalhar, condenada a esta cadeira. Ele se regalou e morreu na força do homem.

— Morreu de quê?

— Tumor na cabeça. Sem ninguém. Pedindo o meu perdão. Que o fosse ver na hora da morte. Rezei no velório, isso sim. Perdoar é que não.

Mão no bolso, Nelsinho batia-se pela saleta, encurralado. Fingindo admirar a Santa Ceia, careta medonha para o papagaio pesteado. Apontou-lhe espingarda imaginária na nuca. Se bem não espantasse as moscas, ela coçou o alvo no pescoço.

— Me ouvindo, meu filho? Não queira ficar igual a mim. Fui moça feito você.

Lá estava a praguejá-lo, rainha louca. Bem feito, castigo do céu.

Sempre a falar, dirigiu-se à escada, abriu a porta da despensa. Um passo na escuridão, dobrou a cabeça e, sem acender a luz, afastou as latas de açúcar, feijão, arroz, desentranhou outra garrafa.

— Reze por mim, meu filho. Não sei o que é dormir. Sentada na cama, à escuta... A bulha do morcego. Um grilo preto no canteiro de couve. Lá no degrau os dentes do Paxá, estalando. Se não é a cervejinha...

— Não se trata com médico?

— Única esperança é um milagre.

Fez-se o milagre: Neusa assomou à porta. Num salto o rapaz agarrou-lhe a mão. Atravessando o corredor, arrastou-a para a sala vizinha; primeiro exibiu a língua para a velha, entretida em derramar a bebida sem fazer espuma.

Tirou o paletó, estendeu-se com gemido no sofá. Neusa fechou a janela — Zezinho, oito anos, era o olho da diaba. Ao erguer o braço, a blusa branca revelou nesga de carne: sei que não devo, muito magro, uma tosse feia — se não me cuido, nasce cabelo na palma da mão. A bela sentou-se na ponta do sofá, ele cruzou os pés na mesinha.

— Por favor, Neusa. Nunca me deixe só com ela. Para aguentar tua avó precisa ser santo. Por que não serve vidro moído na sopa?

— Fale baixo. Ela escuta.

— O rádio ligado.

— Ela entende através da parede.

— Bem desconfiei. Ouviu o pontapé no Paxá.

— É bruxa.

— Mudá-la para o sótão. Acaba rolando da escada.

— Não diga bobagem, querido. Chega dessa velha horrorosa.

— Que você fez?

Abriu os braços no espaldar. Neusa apoiou a cabeça no seu ombro.

— Trabalhei.

— Faz tempo que chegou?

— Pouco antes de você.

— Teu patrão paga extraordinário?

— Nem um tostão.

— Não quis se fazer de engraçadinho?

— Seja bobo, querido. É casado.

— E daí?

— Tenho noivo particular.

— Como é que ele sabe?

— Você nunca foi me esperar?

— Que foi que falou?

— Achou você muito simpático. Até pergunta quando são os doces.

Ah, os doces, é? Esses doces, quem vai comer é o Paxá. Ela aninhou-se no peito e, erguendo a cabeça, beijou-o na pontinha da orelha.

— Tenho de esperar muito, querido? Não posso com essa diaba.

— Faça isso não. Todo arrepiado.

A moça prendeu-lhe a cabeça nas mãos, deu um beijo frenético: a língua se oferecia no lábio entreaberto.

— Não para de chupar bala de hortelã.

— Quer que jogue?

— Mania essa!

A oportunidade de me salvar: fazer uma cena e adeus, beleza!

— Não fique bravo, meu bem.

Com os olhos procurou um lugar: o vaso de violetas? A janela, fechada. Fitou-o chorosa.

— Que eu engula?

— Se gosta de mim, engole.

Deglutiu a bala inteirinha. Doeu, uma lágrima saltou de cada olho. Esta não me escapa — é minha.

— Falei brincando.

— Tudo que você quiser.

— Tudo, Neusa? Tudo mesmo?

Ofereceu-lhe, sim, a boca inchada de beijos. Crisparam-se as mãos do rapaz no espaldar — sei que não devo, é loucura. A velha na saleta, assim não adianta xarope de agrião. De leve afagou o braço lisinho. Sabe o delírio de uma carne em flor? A mão escorregou — sou fraco, Senhor, não mereço — até empalmar a pera descascada do seio. O que é prender um pintassilgo no alçapão? O herói apertou a pálpebra: o biquinho do pintassilgo beliscava a mão do dono.

Esmagada pelo abraço, a moça libertou uma das mãos e introduziu-a sob a camisa — cinco patinhas úmidas de mosca a arrepiá-lo da nuca à ponta do pé. Derretido de gozo, comprimiu segunda vez a pálpebra — uma coceguinha no céu da boca, prestes a uivar.

Estalavam as molas do sofá. Ó Deus, se a velhota, de repente? Sentou-se penosamente, suportando o peso da moça. Ofegante, respirou de boca aberta, dedo tremente abriu a blusa. Afastou-a do sofá para desprender a blusa, espirrou o sutiã no colo da moça. Sempre nova a descoberta do pequeno seio, metade exata de limão — e precipitou-se para beijá-lo. Diante do peito alvacento de pombinha as dores do mundo perdiam o sentido.

Mal o tempo de esconjurar a velha — afogado que afunda terceira vez a cabeça — e rolou, e rolaram os dois pelo sofá, pequeno demais para os acolher. Não podiam deitar-se, suspendeu-a pela cintura, ficaram de pé.

Largou-a um instante, com repelão desfez-se da camisa. Beijou a bela que desfalecia, filhotes famintos roubando alimento um da boca do outro. Mão frenética nas prendas deliciosas, encontrou a lasca da saia, libertou o único botão. Aos poucos a saia preta devassava a calcinha rósea. Um passo atrás, a saia deslizou ao pé da moça: Neusa ai, Neusa! Cheia de aflição, gemeu baixinho — *Por favor, por favor!* Desesperado — tomara a velha pense que é o Paxá —, ergueu-a com as duas mãos, que ficasse do seu tamanho. Ela entendeu, alçou-se na ponta do pé, um coube direitinho no outro.

O herói pairou a nove centímetros do chão. Ao tatalar da asa da loucura: Qual é teu nome? Responda depressa: Quem é você? Depressa — e, antes que pudesse, dona Gabriela entrou na sala.

Separaram-se, cambaleando cada um de seu lado. O coração de Nelsinho disparou a mil por minuto. Uma veia, de que nunca suspeitara, latejava na testa a ponto de rebentar: Me acuda, mãe do céu.

— Que é... a senhora quer, vovó?

Da garganta de Neusa — não era a sua voz. A velha recolheu o braço estendido, balançou a cabeça em silêncio, olho bem aberto. Na teia escura de rugas lampejo azul de desconfiança.

— Por que tão quietos?

O herói estupefato diante da velha que os enfrentava sem piscar.

— Por que está de pé, menina?

— Eu... trocando a lâmpada.

— O foco queimou?

— Agora mesmo.

— Vocês se comportaram? O Nelsinho é de confiança. O que esperando, minha filha? Pegue um foco na despensa.

Neusa pisou o monte de roupa. Ao alcance da megera, junto da porta. Agora estende a mão, agarra a menina — tenho de fazer uma carnificina. Quase um grito, para que o olhasse:

— Quer que eu — a voz partiu-se, continuou sem fôlego — outra cervejinha?

— Muito gentil, meu filho. Daqui a pouco... Se soubesse. Tão só, lá na sala. Uma dor fininha no coração. Pensei que era o fim.

A moça tornou de mansinho, o seio na mão:

— Aqui o foco, vovó.

Descalçou o sapato, subiu na cadeira:

— Pronto.

Sentou-se ao lado do rapaz, que enxugava o suor frio da testa. Sempre a vigiar a velha, quase sem vê-la, óculo embaçado. Com um suspiro, a anciã afundou-se na poltrona, repuxou o xale negro polvilhado de caspa.

— Ah, minha filha, você soubesse... Contava para o Nelsinho — e o pé sacudido por tremores, um pangaré que espantasse as varejeiras. — Pagando o pecado de outro. Ah, meus filhos, o que é sofrer como eu — e deu um arroto.

A bruxa de pilequinho.

— Mais uma garrafa, dona Gabriela?

Mil garrafas não a fariam calar a boca.

— Gosto de você, Nelsinho. Como de um filho. Deus o livre e guarde da minha doença. Reze por mim.

Derrotado, baixou a cabeça, prendeu três botões da camisa.

— Não queira ficar como eu. Só eu sei. Isso não é vida.

Observando a avó cega e concordando com ela — *Sim, vovó. Pois é, vovó. É sim, vovó* —, Neusa desabotoou um, dois, três botões e voltou a beijá-lo na pontinha da orelha.

Eterna saudade

Nelsinho girou a chave na porta e voltou-se para a moça, de pé no meio da sala:

— A família viajou.

Laura oscilava de leve. Deixando escorregar a bolsa no braço, levou a mão aos olhos.

— A sala rodando.

Ele não apanhou a bolsa no tapete.

— Me segure, meu bem.

Sem dar um passo, estendeu a mão e a bela veio conchegar-se no seu peito. Ergueu-lhe o queixo, observou o rosto pálido, de olho cego — mordeu o lábio com beijo esfomeado. Ao sentir-lhe o peso vacilante, conduziu-a ao sofá, onde ela se deixou cair. Sacudia a cabeça no espaldar e, entre frases desconexas, chamava um nome que Nelsinho não era.

— Por que judia de mim? — a voz dengosa de menininha enjoadinha. — Sempre me tratou mal.

— Louco por você, minha flor.

O herói já sem paletó.

— Malvado! Gosta de me humilhar.

— Ora, que bobagem.

Com dificuldade despiu-lhe o casaquinho.

— Culpa minha não foi.

— Bem sei.

— Não. Você não perdoou.

Por que dois, ó Deus, para fazer o amor?

— Lá para dentro.

Sem que ela se erguesse, não lhe baixaria a saia.

— Diga se gosta de mim.

— Você não vê? Quer ir ao meu quarto? Ou de meus pais? Cama de casal.

— Será que não...

Perdida nas nuvens da bebida, arregalou os olhos:

— Aqui? No quarto de teus pais?

— Que é que tem? É profanação?

O Cristo enorme, todo azul, ocupava a parede na largura da cama. Sentaram-se na colcha trabalhada de crochê.

— Que beleza de colcha!

— Beleza teu seio, meu amor.

A beijá-lo em desespero, Nelsinho sentia a língua engolida pela outra boca.

— Me deu o desprezo.

— O tipo era meu amigo.

— Nadir era o meu amor — e fungou no seu ombro.

— Ele está morto. Agora tire a roupa.

Ela desabotoou a blusa de brilhante malha negra.

— Apague a luz.

— Por quê?

— Porque sim.

No escuro, ele descerrou a porta — o clarão do corredor invadiu o quarto. O herói arrancou a camisa. De combinação, perna cruzada, Laura cabeceava, a mão no queixo.

— Tire essa roupa de uma vez.

Já tinha embolado a calça no tapete. Ela se pôs de pé, desprendeu a saia. Aflito, Nelsinho a apanhou e atirou longe.

— Não jogue no chão!

Ela recolheu a saia de seda, dobrou-a sobre o mocho. Tirou a combinação. Tirou o sutiã.

— Tire tudo.

Tirou a calcinha, indecisa no meio do quarto. Recuou até a faixa de luz — nua, duas vezes nua! Antes que o herói desferisse voo, fechou a porta, deitou-se ao seu lado. Ele estendeu a mão, alisava docemente o ombro. Correu os dedos titilantes pelo seio: uma pera que, tão madura, oscilava ao peso do biquinho.

— Ai, benzinho, você é mau.
— Quieta.

Entre gemidos balbuciava mil queixas.

— Não.

Ele suspendeu o gesto.

— Devagar, meu bem.

Tornou a babujar-lhe a orelha, o pescoço, o ombro, devagar, devagarinho.

— De conta que sou o Nadir.

Debaixo dele o corpo sacudido de tremores.

— Ó, não fale. Por amor de Deus. Não fale no Nadir.

Para se distrair, Nelsinho evocava com ranger de dentes as estrofes imortais de Casimiro de Abreu: *Eu me lembro! eu me lembro!* — *Era pequeno...* Terceira vez ao escandir o verso — *Que dura orquestra! Que furor insano!*, ela deu um grito:

— Você me arrebenta!

Atropelou o verso, perdeu a consciência. Voltou a si, a unha de leve na nuca.

— Num bem-estar danado. E eu me doendo toda.

O moço ergueu os olhos para o quadro azul na parede:

— Se o pobre Nadir nos visse...

Caiu a lâmina da guilhotina, espirrou longe a cabeça, ainda falando de espanto:

— Que loucura é essa?

Tateou a nuca ferida, acendeu a lâmpada:

— Está doida, minha filha?

— Não. — E, olho fechado, a mordiscar-lhe o queixo.

— Estou é com sede.

O golpe assassino das unhas no pescoço. Ele deu três pulos no tapete, a mão escondendo as vergonhas. Abriu a gaveta do camiseiro, escolheu o pijama de bolinha do pai, vestiu a calça: muito comprida, obrigado a enrolar a barra. Dirigiu-se à cozinha, tornou com a garrafa de gim, uma jarra de água e cubos de gelo. Laura envergava o casaco do pijama, todo abotoado. Com as duas mãos unia as abas, muito à vontade na cama sacrossanta da família.

— Me achando bonita?

Gana de expulsá-la aos berros: Cadelinha!

— Pintou o cabelo?

— Desde que ele morreu.

Sob o paletó, nua e oferecida, uma perna dobrada.

— Ai, minha perdição é a falsa loira. Cabelo oxigenado, sobrancelha bem preta!

Nelsinho serviu doses generosas, ela acendeu dois cigarros. Estenderam-se sobre os quadrinhos de crochê, obra de um ano inteiro das mãos diligentes da mãe.

— Que tal o Nadir? Melhor que eu?

— Não respeita os mortos? — De repente abriu o casaco. — Que acha de mim?

Mãezinha do céu: dois suspiros redondinhos com uma pitanga na ponta.

— Não há outra igual!

A cabeça da bela pesava-lhe duramente no braço.

— Ele era melhor?

— Você é um colosso — e mordeu-lhe o mamilo.

— Poxa, Laura. Não morda, que dói.

Alumbramento no fio baboso de voz:

— Ninguém dá nada por você... Magrinho como é!

Agarrou o copo, bebeu até a última gota. De voz rouca:

— Ele foi o primeiro amor!

Olhos sonhadores, evocava o bem-amado perdido. Nunca mais seria a mesma, tão outra que até pintara o cabelo. Só usava blusa negra de seda — a mortalha da viúva.

— É tarde para chorar.

— Estou em carne viva.

— Não exagere, meu bem.

Queria bancar a virgem — o que nunca havia sido. Encolhia-se no canto da cama, enrolada na colcha.

— Que você tem?

— Com dor.

— Não se faça de santinha. Depois dele, a quantos se entregou?

— Com o Nadir era diferente! Era amor...

— Um colosso, não era?

Ofendida, sentou-se na cama, estendeu a perna, repuxou a meia até a coxa luminosa de tão branca. Ele a agarrou. Com fúria defendeu-se, ó viúva inconsolável, carpideira da eterna saudade.

— Não quero. Por favor. Agora não.

Mais tarde deixou que ela se vestisse. Acendeu as luzes, olhou em volta. Ufano, um herói pintado de ouro: o quarto era campo de batalha. O cadáver sangrava de suas feridas sem manchar os lençóis.

— Poxa, sou mais homem do que meu pai.

Arara bêbada

Seria um donzel até ganhar a confiança de sua bela.
— Você é loira natural?
— O doutor não vê?
— A fama da loira é de fria. Só que não acredito.
— A loira não é feito a morena.
— A morena é mais carinhosa. Você não é católica, é?
— Sou calvinista.
Calvinista, ai, de rostinho abrasado na mesma hora.
— A religião moderna não faz, assim, da virgindade um cavalo de batalha. A moça, sendo direita, pode ter experiência. Autorizada pelo pastor a conhecer os prazeres da vida.
— ...
— Sabia que os turistas acham uma graça em nosso conceito de virgindade?
— Nunca soube.
— Você é temperamento calmo ou nervoso?
— Sou calma.
— Tem os atributos da nervosa; ainda não sabe que é. Suas medidas são perfeitas. Não é você que joga vôlei?
— É, sim.
— Gostaria de a ter visto de calção. Joga bem?
Sorriso acanhado no canto do lábio. Brinco de fantasia na orelha. Dente miúdo, o da frente escurinho. Mãe do céu, a barra da saia rendada aparecendo.

— O vôlei não deixa a perna musculosa?
— Não, o esforço é com o braço. Bicicleta deixa. Uma colega tem perna assim, de tanto pedalar.
— Moça conhecida?
— Não do senhor.
— Suas formas, pelo que vejo, são ideais. Qual é o manequim?
— Quarenta e quatro em cima. Depois alarga para quarenta e seis.
— De busto?
— Noventa e três.

O herói fechou o olho: Ai, que beleza! Ai, que bom, noventa e três!

— De quadris?
— Pouco mais.
— Noventa e cinco?
— É.

Ó, Deus do céu, noventa e cinco!

Sentadinha, bem-composta. Sem cruzar o joelho nem uma vez. Ai, se ela erguesse a saia... só um pouquinho.

— Não é perseguida na rua? Tão apeti... bonitinha. Como é que se defende dos piratas?

Ora essa, pirata — é gíria de meu pai.

— ...
— O que não sei é a medida da coxa.

A palavra coxa uma laranja inteira na boca.

— De tornozelo é vinte e um.
— Uma perfeição da mulher é a perna. Mais branca do joelho para cima?

Baixou os olhos, vermelhinha:

— É.
— Muito mais?
— ...

Quem me dera ser mulher — não faria mais que adorar no espelho as minhas prendas.

— Você tem alguma experiência?
— Deus me livre!

Nervosa, afastou o cabelo do olho piscante. Agitado, o peitinho estalava os botões da blusa — não há peso mais doce que um seio maduro na concha da mão.

— Você é fria?

Nem uma é fria se você lhe der três mordidas na nuca.

— É tarde. Preciso ir. Até amanhã, doutor.

Assustei a bichinha, fugiu pela porta aberta. Ai de mim, quem ouve, quem atende o soluço da arara bêbada?

O herói perdido

Essa criatura não me tira os olhos. Coragem da fulaninha, acompanhada como está! Verdade, alguns tipos não ligam. São eles que as empurram nos braços do outro — isso os excita. Acabei o meu caso com a Lili, não sei se sabia. Quero descanso por algum tempo. Não olhe agora. Me comendo com os olhos. É aquela, sim, na mesa do fundo.

Não te conto nada. Meu velho, a Lili foi uma experiência. Quando a conheci não sabia quem era. Apresentados numa festinha. Assim que lhe apertei a mão, adivinhei tudo: úmida e quente. Aquele olhar — corruíra de asinha quebrada — inquieto e subentendido. No meio da frase a voz quebra-se num soluço... Olhar desconfiado, com seu segredo. Como se não desse a pinta. No toque da mão, no arrepio da pálpebra, no próprio rebolado. Uma abre o jogo: *Adoro o tipo forte, que amassa na cama, que dá na cara* — é certo, gosta de ser maltratada. Outra é preciosa: fala pausada, gesto manso, o anel do dedinho apontando isso e aquilo. Acompanhada de velhota, mãe ou tia, da qual beija a mão trêmula. Ou de coleguinha feia, na esperança que você diga: *Veja a Lili, um coração de ouro*.

Os olhos assim de anemia perniciosa. Não piscam, crescem, crescem a fim de engolir. Lili do tipo difícil, finge que é. Convidou-me a ir no dia seguinte ao seu apartamento. *Entre, sente-se aqui. Mais perto, não mordo.* Ai, meu velho, sou herói perdido. Não te conto nada (tosse). Tomar um xarope de agrião. Então expliquei: Não sou disso, Lili. *Eu sei, eu sou viva* — e molhava dois dedos na boca para colar a franjinha. *Ai, como é gostoso o amor.* Gostoso? *Sim. É maravilhoso.* Visita de cerimônia. Nada houve entre nós. Na porta, ela me envolveu o pescoço — nua debaixo do quimono de seda. Quis me beijar, acendi logo um cigarro. Horror de beijo de língua, preciso cuspir — não na frente dela, claro, não tem culpa — para tirar o gosto. Soube que teve um caso com fulano. Não queira negar, Lili. *Mentira daquele safadinho. Não sou o que está pensando — se o meu homem souber ele me mata.* Não tem medo? *Imagine se alguém vai contar. Ai, ele me mata. Ah, Nelsinho, como você é forte* — eu não pareço, não é? Me ofereceu cigarro de maconha, desconfio que é viciada. Louquinha, quer beliscar, gosta de morder — olhe o resultado (o rosto chupado, uma espinha no queixo). Desde pequeno fui assim. No olhar das primas eu descobria a paixão. O drama de ter sido bonito demais. (*Ora, você ainda é, Nelsinho, ainda é.*)

Por este retrato pode ver. Aos cinco anos, em roupinha de marinheiro. Lili me deixou quase doido por causa deste retrato. Bebia e depois se arrastava no tapete para que eu vestisse a farda. Uma de marinheiro, ela mesma improvisou. Imagine só — um marmanjo deste tamanho! — de calça curta e gorrinho, a fita em legenda prateada. Sonhava em voz alta, eu não podia dormir. No sonho ela que estava de marinheiro. Não te conto nada. Embalada no bercinho pelo maestro Carlos Gomes. O maestro de fraque e botina com polaina de veludo, sabe quem era? Um sátiro disfarçado de músico. Que a despia com luva de couro, sofria de erisipela no dedinho torto de velho. Não me pergunte o significado. Ela se recusou a contar — iria ficar chocado.

Me olha, a safadinha, se estivesse nu. Não sei o que vê (exame demorado no espelho da parede). Parece que sou o tipo. Lili se roía do meu sucesso entre as amigas. No cinema ficava me espiando em vez de prestar atenção ao filme — olha para a tela, minha filha, depois se queixa que não entendeu. Não se vire, pelo amor de Deus. O tipo já reparou. Grisalho, ar tão distinto. Muita criatura prefere o pai de família, acho que é insegurança. Lili me confessou a primeira experiência. Um pobre gordo, não sei quantos filhos. Tanto a perseguiu, deixou quase louca. Para se ver livre, a coitadinha acabou aceitando. A mulher soube, exigiu satisfação. *Você escolhe entre mim e essa. Já escolhi*, anunciou o pai de família. Na mesma hora despediu-se dela e dos quatro filhos. Mais tarde Lili o abandonou — um velho de cinquenta anos! Ele ameaçou: *Se não me quer, só posso morrer*. Respondeu a bichinha: *Pois que morra*. Dias depois, o tipo se suicidou: cortando o pulso, bebendo veneno, abrindo o gás. Quando soube, ela comentou: *Bem feito! Eu, hein, com meu marinheiro?*

Acertei pelo velho as contas com ela — não deve tratar bem essas criaturas, ainda que o deseje. Olhe a bichinha provocando. Doida de fazer isso na frente do tipo. Quando uma se agarra a você, não o deixa para o resto dos dias. Todas iguais, furiosas de ciúme: *Não gosta de mim. Não é mais o mesmo. Onde você foi? Olhou para outra.* Se eu demorava, ia me esperar na porta. Bebia no mesmo copo, no lugar da boca. Não suporta tomate, queria comer, entre engulhos, só porque eu gosto. Para me excitar, despia-se diante da janela — no prédio vizinho todos os tarados de Curitiba se agarravam aos binóculos.

De noite gemada com vinho branco. Pela manhã, maçã assada servida na cama — *por que não deixa de beber, querido?* Não chateia, Lili. Deixe você de fumar. *Ah, só me quer para uma coisa.* Exibia a cicatriz do pulso, com diversos pontos. *Se você me abandona, juro que me mato. Antes escrevo uma carta aos jornais* — e saía nua do banheiro rebolando na rumba com a toalha na cintura.

Na esperança de ressuscitar o amor perdido, pede para apanhar. *Judie de mim, meu amor.* Toda bicha gosta de ser castigada. Não tapinha leve, bofetão de cinco dedos. Deixe-a se lastimar que, cara inchada, não pode ganhar para você. Deixe estar, nunca se desculpe. Se ela perde o respeito, meu velho, está acabado como gostosão.

Chapeuzinho Vermelho

Apressado, Nelsinho desabotoava-lhe o vestido.
— Antes peça perdão — defendeu-se ela.
— Seja boba — acudiu o moço. — A culpa foi sua.
— Se quiser, tem de pedir desculpa.
— Vai tirar ou não?
Ela sacudiu a cabeça, resoluta. Ao empurrá-la, bêbados, cada um cambaleou de seu lado:
— Você é uma... sabe o quê! — e, arrebatado de fúria, enfiou o sapato e vestiu o paletó.
— Se você sair, não precisa voltar — a dona preveniu, um olho de ódio, outro de amor.
— É velha demais para mim.
Bem boa na cama e não tão velha assim.
— Fora daqui, seu moleque!
Risinho de pouco-caso, bateu a porta. Tateante avançou pelo corredor escuro; em vez de sair, foi dar na cozinha. Orientou-se à claridade da vidraça e aplicou a boca na torneira da pia. Bebeu a grandes goles, um fio de água molhava a camisa. Enxugou o lábio na manga, de novo no corredor. Achou uma porta e debaixo dela fina réstia.
Se não havia ninguém na casa, além dele e Maria... Intrigado, experimentou o trinco: no quarto cor-de-rosa penteadeira oval. Uma, duas, três bonecas de luxo. E, da cama, sentadinha, sorria a gorda senhora.

— Entre, seu moço.

Dois passos no reino das bonecas: ar adocicado de incenso, pó de arroz, esmalte de unha.

— É parenta da Maria?

— Não adivinha? — E sorria, faceira, lábio muito pintado. — É minha filha.

— Tão jovem... — Bem a avozinha do Chapeuzinho Vermelho. — Parece irmã!

No canto do espelho alinhavam-se os galãs de cinema.

— Muito gentil. Você quem é?

— Amiguinho dela.

A gorda afastou o abajur, aninhada na sombra misteriosa. Esqueceu no joelho a revista, em gesto pudico fechou o quimono encarnado.

— Aceita um bombom? — e retirou do lençol uma caixa dourada. — Como escondida...

Lambeu o dedinho curto, a tinir o bracelete:

— Segredo de nós dois!

— De mim ela não vai saber — e beliscava o cacho loiro da boneca.

— O moço não quer sentar?

Ao vê-lo correr o olho, encolheu-se no canto:

— Lugar para mais um.

Respeitoso na beira da cama, apanhou a revista de fotonovela.

— Os dois brigaram?

— Sabe como ela é.

Aborrecido virava as páginas: dedo peganhento de chocolate o olhinho gorducho.

— É recheado de licor! — e oferecia na ponta da língua um bocado meio derretido.

Era a avozinha ou, no quimono fulgurante de seda, o próprio lobo?

Largou a revista ao pé da cama — voltar à Maria e pedir mil perdões? Na mesinha o retrato em moldura prateada.

— Sou eu.

A menina com a cesta de amora.

— Já fui bonita.

— Ainda é — retrucou alegre —, ainda é.

Muito sério ao dar na sombra com o olho arregalado de sapo debaixo da pedra.

— Seu diabinho! — agarrou-lhe o polegar na mão lambuzada e, antes de soltá-lo, um apertão e mais outro.

Nada de avozinha, é mesmo o lobo. Ao mexer a cabeça, girava a parede e, enxugando o suor da testa, voltou-se para ela:

— Tem alguma bebida?

Exibiu os dentes alvares de pouco uso:

— Sou melhor que bebida.

Entre divertido e assustado, descansou o cotovelo na cama: propunha-se o lobo devorá-lo? Vislumbrou a cara na sombra: balofa, sem sobrancelha, o cabelo ralo. Por cima do quimono apalpou-lhe o peito: apesar de velha, o seio durinho.

— Quer minha perdição? — Meu Deus, a voz dengosa de menina. — Ai, diabinho peralta!

Brincalhona, correu a unha pela nuca. De repente o gemido rouco:

— Feche a porta.

Encarou-a indeciso — fechada a porta não poderia recuar. Mais que depressa ela prendeu-lhe a cabeça nas mãos. Aplicou a língua em cheio na boca:

— Deite comigo senão fico louca.

Não era beijo amargo. Ele ergueu-se, deu volta na chave. Desfez-se do sapato, atirou o paletó sobre a revista. Sentado, deixou-se abraçar pela velha; foi beijar a bochecha rechonchuda e arrepiou caminho — uma grossa verruga no queixo, três cabelos crespos que nem molas de relógio.

Os dois a contemplar o teto, o bombom licoroso na língua, ouviram o estalido do trinco.

— Mamãe? — a voz abafada de Maria. — Está dormindo, mãe?

Dedo no lábio, a velhota deu sinal de caluda.

— Responda, mãe. — A maçaneta girou de mansinho, uma e duas vezes. — A luz acesa.

O silêncio do quarto ainda maior.

— A senhora está só?

Com a revelação, o grito de dor, os murros na porta:

— Sei que está aí... aí com a senhora...

Ficaram bem quietos, a filha parou de soluçar, toda a casa em sossego.

Debaixo da Ponte Preta

Noite de 23 de junho, Ritinha da Luz, dezesseis anos, solteira, prenda doméstica, ao sair do emprego, dirigiu-se à casa de sua irmã Julieta, atrás da Ponte Preta. Na linha do trem foi atacada por quatro ou cinco indivíduos, aos quais se reuniram mais dois. Então violada por um de cada vez e abandonada entre as moitas. Seu choro atraiu um guarda-civil, que a conduziu até a delegacia.

A menina nunca tinha visto os homens, não sabia a que atribuir o assalto. Nem qual foi o primeiro, agarrada e derrubada, a cabeça coberta. Arrastada pelo chão, fortes dores nos seios e nas partes. Que não gritasse por socorro, barbaramente espancada. Apresentou-se com saia de seda preta e blusa vermelha de malha, sujas de lama. No corpo, além de muitas feridas, folha seca, grama e barro. A hora lá pelas dez ou onze.

Miguel de Tal, quarenta anos, casado, foguista, largou o serviço às dez e meia. Ao cruzar a linha do trem, avistou três soldados e uma dona em atitude suspeita. Sentiu um tremendo desejo de praticar o ato. Aproximou-se do grupo e, auxiliado pelos soldados, agarrou a desconhecida, retirando-lhe a roupa e com ela mantendo relação, embora à força. Derrubou-a e, para abafar os gritos, tapou-lhe o rosto com o casaco de foguista.

Saciado, ajudou os soldados que, cada um por sua vez, usaram a moça, observados a distância por alguns curiosos, até que dois deles também se serviram da negrinha.

Miguel, arrependido do mau gesto, se oferece para casar com a menina, só na delegacia soube chamar-se Ritinha, isto é, tão logo apronte os papéis do desquite, de momento é casado.

Nelsinho de Tal, menor, treze anos, estudante, na noite de 23, conversando debaixo da Ponte Preta com seu primo Sílvio e dois rapazes, deparou três soldados e um paisano atacando uma negrinha, a qual foi atirada ao chão, em seguida desfrutada pelo civil e, por causa dos gritos, tinha um casaco na cabeça. Ele chegou-se meio desconfiado. Depois do paisano, a vez dos três soldados e, afinal, a de Nelsinho, seguido de Antônio.

Acabada a brincadeira, voltavam satisfeitos para casa, foram presos e conduzidos à delegacia, Nelsinho se confessa contrariado, atribuindo sua atitude à pouca idade que tem, ações como a que praticou apenas servem para estragar o futuro de um jovem.

Alfredo de Tal, vinte anos, solteiro, soldado, achava-se à noite debaixo da Ponte Preta, na companhia dos colegas Pereira e Durval. Após algum tempo, Durval abordou uma menina, com quem se dirigiu ao mato próximo. Logo Alfredo e Pereira seguiram o companheiro e, um depois do outro, desfrutaram a rapariga. Prestes a partirem, um indivíduo se apresentou como guardião da estrada e, em troca do silêncio, exigiu que segurassem a moça. Então a arrastaram para lugar escondido, onde ninguém escutasse os gritos. Chegaram dois rapazes, um deles de treze anos e, ajudados por todos, se aproveitaram da negrinha. Como era tarde, Alfredo retirou-se com os colegas para o quartel. Só na manhã seguinte soube da confusão, em vista da ordem para comparecer à delegacia.

Durval de Tal, dezenove anos, solteiro, soldado, achava-se com dois amigos perto da Ponte Preta, onde esperava alguma mulher, para com ela passar a noite. Apareceu uma fulana, com quem foi para o mato, a menina gostou do seu cabelo loiro e olho azul. Aproximaram-se os colegas, um de cada vez abusou da pequena.

De repente surgiu um cidadão de maus bofes que, intitulando-se guardião da estrada de ferro, demonstrou grande interesse em participar da festinha, para desgosto da menina, que não se agradou do seu nariz chato, bigode ralo, dente estragado. Arrastaram a negrinha, onde os gritos não fossem ouvidos. Chegaram dois rapazes que, auxiliados por todos, serviram-se à vontade. Satisfeitos, retiraram-se Durval e os colegas para o quartel.

Pereira, dezoito anos, solteiro, soldado, encontrava-se às dez da noite na Ponte Preta, com seus colegas Alfredo e Durval, quando por ali passou a menina, tendo um deles exclamado: *Que morena linda*. A qual parou e perguntou o que havia dito. Começaram a conversar, Alfredo a convidou para dormirem juntos. Ela respondeu: *Este loiro tem tempo*. Não ia dormir com ninguém, mas podia acompanhá-la. Alfredo saiu com ela, seguidos a distância pelos outros. No muro da estrada de ferro, estacaram. Feita a combinação, entraram no mato. Ela quis dinheiro, não a puderam pagar, estavam de bolso vazio. Saíam do campinho, chegou o guarda da estrada: *Já que foi com os praças, tem de ir comigo.* A mocinha acudiu: *Olha o azar* e *Sai, fedor.*

O morenão enfarruscado insistiu em desfrutar a menina, sendo repelido. Foi derrubada na grama. O tipo afogou-lhe o pescoço, ela chorava e se descabelava de gritar.

Sílvio de Tal, menor, quinze anos, estava com o primo Nelsinho debaixo da Ponte Preta, viu quando a menina passou por ali. Os soldados disseram algumas gracinhas. Um deles a convidou para ir a um quarto, ela respondeu que no campinho era melhor. Foram todos para o campinho. Até que apareceu um paisano e insistiu em abusar da mocinha.

Ao longo da estrada de ferro, Miguel deu com três soldados e uma vagabunda, que com eles mantinha relação. Sentiu grande vontade de participar da brincadeira, propôs o negócio para a mulher. Esta ofendeu-lhe os brios de homem ao injuriá-lo de — *Cafetão, cagueta, corno manso.* Indignado, decidiu provar que era homem. Segurou-a com o auxílio dos soldados, mas não praticou o ato, em vista do estado nervoso. Os soldados taparam a boca da menina a fim de abafar os gritos.

O primeiro a desfrutar a mocinha foi Durval, o segundo Alfredo, o terceiro Pereira, o menor Nelsinho foi o quarto e ele, Miguel, o quinto. Ritinha submeteu-se de livre e espontânea vontade ao desejo dos outros, quando chegou a sua vez quis se negar, agarrando-a para não ficar desmoralizado perante a família.

Ritinha estava chorando debaixo da Ponte Preta. Não sabia quem lhe havia feito mal, um dos soldados lhe enfiou a túnica na cabeça. Foram apontados pelo moleque José que de longe viu tudo. Quinze dias que o pai de Ritinha morreu de tumor na barriga. Deflorada havia um mês por um soldado loiro de nome Euzébio.

A casa é de madeira pintada de amarelo. A patroa uma senhora gorda, baixa, morena. Ritinha limpa a casa, lava a roupa, faz todo o serviço. O marido da patroa chama-se Artur. Ela cuida da filhinha do casal. Quando a criança chora, suspende-a de cabeça para baixo, a pestinha perde o fôlego, bem quieta. A patroa deu-lhe um sapato velho e vendeu-lhe dois vestidos, que descontou do ordenado.

Ela não pediu dinheiro aos três soldados, um deles muito simpático, cabelo loiro. Chegou o guardião e disse que pulasse o muro, na estrada de ferro era proibido passar. Ritinha saltou o muro e, atrás dela, os quatro homens, logo seis ou sete. A menina se pôs a chorar, o que atraiu o moleque José, espiando de longe.

O guarda mal-encarado bradou: *Tem de conhecer homem senão te mato. Primeiro foi o Durval, depois o Alfredo, em seguida o Pereira, agora a minha vez, oba!* Ritinha começou a gritar e quis correr, foi agarrada pela perna.

Os tais a derrubaram do outro lado do muro. Fizeram o que bem quiseram, largada bastante ferida no seio e nas partes, até que o guarda-civil a encontrou, queixosa de frio e dor.

O guarda-civil Leocádio, ao passar debaixo da Ponte Preta, viu uma negrinha chorando.

Menino caçando passarinho

— Advogado é padre, minha senhora. Pode confiar.
— Eu sei, doutor Nelson.
— Não se acanhe. Conte a verdade. Enganava seu marido, não é?
— Deus me livre!
— Nesta citação a senhora é culpada.

Dez anos casada. Um par de filhos. Seis meses atrás, uma perda. O resguardo, descansar na casa da mãe. De volta, deu com porta e janela trancadas. Na rua, recebeu a contrafé do oficial de justiça: desquite, alegação de adultério.

— Quem é esse João Maria, citado como cúmplice?
— Um compadre, doutor. Esse não vai contra mim.

Luto da mãe, o vestido preto colante, broche de borboleta. O marido tinha horror da sogra. Não lhe dirigiu a palavra nos três meses em que a velha se hospedou na casa, doente da bexiga. *Tenha pena dela* — suplicava a mulher. *E você? Tem pena de mim?*

Óculo escuro: olho roxo de um murro.

— Homem fraco na cama é forte fora dela.
— Como disse, doutor?
— Conte os fatos, minha senhora.

Passeio no campo, o marido, ela e as filhas. Desde que se negava, alegando mal de mulher, o bruto queria agarrá-la à traição. Atalho no bosque, mandou as crianças na frente. Derrubou-a na grama. Com os gritos, as crianças voltaram, nele batiam com a sombrinha: *Não surre a minha mãe! Não afogue a minha mãe!*

— Cuidar com carinho, dona Olga, de sua defesa.

Na vez seguinte: assinatura da procuração, os preâmbulos. Tão jovem, não definhava longe do marido? A separação de corpos, morando com o pai.

— A senhora anda nervosa?

— Nem queira saber, doutor.

— E antes de casar?

— Era bem calma. Agora sofro dos nervos — às vezes tenho ataque!

Ai, que beleza: ela tem ataque.

— A senhora... delirava, dona Olga?

Olhinho baixo: *Sim.*

— Um bem que Deus lhe concedeu. Sabe, o delírio, o que há de maravilhoso. A mulher tem convulsão, dona Olga.

— ...

— É fato científico. Não se acanhe. Advogado em serviço não tem sexo.

— Eu sei, doutor.

— Aqui no escritório muita interrupção. Levo os papéis a um lugar sossegado. No hotel da estação, está bem?

— Sim.

Esperou de quinze para as quatro até quatro e meia — assustei a pombinha, essa não volta mais.

— Dona Olga. Por que não foi?

— Eu fui. O doutor não estava mais.

Negaceava, a bichinha, sem dizer que não.

No escritório, após o expediente, discutir a pensão do marido para os filhos. Seis em ponto, Olga entrou na sala de espera. O herói fechou a porta e investiu.

— O doutor era um ídolo. Pensa que mulher separada não é honesta?

— Um beijinho só.

— Olhe que eu grito.

Ficaria — só um pouco — se abrisse a porta. Ligeiro beijo roubado, a que não correspondeu.

— Prometo me comportar.

Com a porta aberta — imagine se alguém! — insistiu no assalto. Passos na escada, o elevador ora subia, ora descia. Sentados no sofá, a bela concedeu-lhe a mãozinha, que cobriu de beijos inflamados.

— Olhe que eu saio.

Ia sentar-se na outra cadeira. Ele arrastava-a para o sofá. Luta silenciosa e feroz: os dedos arranhados pela unha afiada. Despedida cerimoniosa na porta:

— Passe bem, doutor.

— Os seus problemas eu resolvo. A senhora tenha confiança.

Surgiu-lhe o marido uma tarde no escritório:

— Mais algum papel para assinar, doutor?

— Era só.

— Desconfio dela, doutor. Falam muito. Anda enfeitada demais.

— É moça direitinha. O senhor tem prova? Sabe de fato concreto?

— Fato, não sei, doutor. Desconfiança a gente sempre tem. A mulher capricha na roupa de baixo, que o homem se cuide.

Saia preta e blusa branca de rendinha, braço à mostra — uma cicatriz de vacina meio escondida. A moça lia a petição, o doutor lhe afagava o bracinho. A fingir que lia, o rosto abrasado de excitação.

— Vamos lá?

— Lá não dá, doutor. Lá não dá certo. Que o senhor quer de mim? O homem só faz as coisas por interesse. É esse o preço do homem!

Afogueada, a penugem do braço arrepiadinha. Ele não se conteve: alisou-o de alto a baixo com as duas mãos.

O doutor era influente — não sabia de uma vaga de professora?

— Já se considere nomeada, dona Olga.

À saída, ela fez biquinho com o lábio e, estando de salto alto, forçado a se pôr na pontinha do pé.

— Se der, eu vou. Não sei se posso. Eu não devo.

— Então às cinco?

Choveu bem na hora. Esbarrou no pai dela, o velho farmacêutico.

— Eu mando ela sem falta. O doutor pode confiar.

Olga reagiu, que ele cambaleou de costas.

— Não adianta. Eu não quero.

— Então tudo acabou. O caso foi processado. Quer ir para casa, vá — e arquejava, de fôlego curto.

Entre os artigos de lei, a se lembrar do bracinho arrepiado, o olho amarelo de quem sofre do fígado — *eu tenho ataque, doutor!* Recado urgente pelo farmacêutico que ela o esperasse em casa, às duas da tarde.

Bateu palmas na porta dos fundos. Olga assomou à janela.

— Entre, que já desço.

Abriu a porta: estaria o diabo do velho? À espreita, quem sabe, atrás da cortina? Ela desceu a escada, repuxando a saia no joelho. O vestido caseiro, em chinelinho.

Imediatamente a agarrou aos beijos e abraços.

— Louco por você.

Abatida, sem pintura, de olheira — ai, mãe do céu, de olheira!

Que dizia ela? Não mais que balbucios:

— Sim, doutor — e revirava o olho. — Ai, doutor.

Sempre a resguardar-se das três mãos. Uma hora inteira de beijos — o dentinho perfumado.

— Sossegue. Papai entra de repente. O senhor é doido?

Iniciação ao beijo de língua. O vestido afogado no colo, ele não podia espirrar o seio. Mordiscava a ponta da orelha.

— Sabia o que eu queria?

— Sim.

— Desde quando?

— Desde a primeira vez. Da conversa que advogado é padre.

— Ai, Olga. Me beije.

— Aqui não dá. Se papai chega?

— As crianças?

— Mandei no vizinho.

— Deixe. Mais um pouco. Só um pouco.
— Onde já se viu? É loucura.
— Conhece a minha posição. Sou casado. Houvesse risco, o primeiro a não querer.

À roda da casa, fingia coçar o nariz, com a mão no rosto. Na hora combinada, surgiu pressurosa e tossindo, lencinho na boca.

Deu volta à chave. Ela caiu-lhe nos braços, toda trêmula. Nem falar podia, tão assustada. Desabotoava o casaquinho — *cuidado, querido, o pregador!* Ele arrancou a gravata. Aos cochichos — já era hábito. Bem o marido tinha razão: a maravilhosa roupa de baixo — sedas e rendas! Aos beijos, de pé. Aos beijos, sentados no sofá. Deitados no tapete, rolando.

— Quer que morda ou beije?
— Sim.
— Beije ou morda?
— Sim. Ai, sim. Ai, sim.
— Abra o olho.
— ...
— Gema comigo, anjo. Agora.

O herói gemeu. Ela o acompanhou em tom mais baixo.
— Ai, ai. Eu morro.

Estirada no tapete, bem quieta, a combinação azul acima do joelho.

Ele abotoou o paletó, acendeu cigarro. A bela mordia um grampo, a observá-lo no espelho:
— Mais uma para tua coleção?
— Você é a única.

Foi introduzir uma nota na bolsa.

— Não sou dessas.

Esperou-a no portão dos fundos. No quintal vizinho, um menino caçava, atiradeira em punho e olhar perdido. Gente na rua: a negra velha, um soldado discutia com o barbeiro. Saltinhos saltitando na pedra, ele tossiu três vezes.

— Que imprudência!

De saia xadrez, blusa de lã. Fechada a porta, dela o primeiro beijo:

— Obrigada, meu amor. Pode o que quiser.

Agradecida pela nomeação, despiu-se a toda pressa. Ele, em cueca e meia preta:

— Fique nua.

O seio róseo empinadinho. Já ritual:

— Morda ou beije?

— Sim — a mania de repetir sim, sim.

Como é que um bruto desprezava dona tão querida? Suspiros e, ao apertá-lo nos braços, o cheiro capitoso de égua trêmula.

— Se não corro me atrasava. Bem louca. Você me deixou assim.

— Com o João não fazia... isso?

— Credo! Isso nunca aconteceu.

O herói beliscava o biquinho do seio inchado.

— Teu marido como é?

Um apressado, procurava-a sem aviso; em seguida dava-lhe as costas. Não ficasse mal-acostumada — um trapo sujo atirado no canto.

— Tem me seguido. Não é arriscado vir aqui? Estou com medo.

— Me beije. Não fale.

— Vai enjoar de mim? O homem consegue o que quer. Depois corre atrás de outra.

— Me beije. Ai, Olga. Não fale. Abra o olho.

Grande olho amarelo agora bem vermelho. Acuda, Olguinha, me deu ataque.

— Fique de olho aberto.

À saída, assustou-se com o menino trepado na ameixeira.

— Tem gente aí.

— Boba. É um menino.

— Se ele me vê?

Menino caçando passarinho é cego para o que não for passarinho.

As uvas

O Herói subiu pelo elevador com o velho, um a examinar o outro. Saltaram ambos no quarto andar. Ele apertou a campainha. Na porta ao lado, o velho escolhia uma chave. Nelsinho entendeu na sua careta zombeteira — *Olha aí mais um...*
— Como vai o doutor? — cumprimentou Ivone, cerimoniosa.
Fechou a porta e sorriu:
— Tratei você de doutor. Esse velhote não me deixa em paz.
Na mesa um vaso minúsculo de cacto. Espetada em areia, na haste negra luzia pontinho escarlate.
— Incenso indiano, querido, para roubar teu coração!
Na janela a tarde bruxuleava. Envolto na nuvem adocicada, tossiu de leve: Ai, só me falta crise de asma.
— Muito distinto!
O herói tomou-lhe as mãos e quis beijá-la, mas desviou o rosto.
— Que tanta pressa! Nem me achou bonita.
Um passo atrás, que a pudesse admirar: cetim negro, três voltas do colar dourado. Boca inchada de batom. Cabelo preto retinto, olho de sombra roxa — a última encarnação de Mata Hari.
— Está linda, meu bem.

A menina que escrevia bilhete no intervalo das aulas: *Desta mujer que te quiere mucho, mucho, mucho!* Travou das mãos, cruzou-lhe os braços nas costas:

— Agora não escapa.

O herói beijou o ar, galinha cega bicando às tontas. Ela sacudiu a cabeça com gritinhos de terror.

— Por que me convidou?

— Falar com você.

— Insistiu que estava sozinha. Não pensei que para conversar.

— Cruzes! Nunca imaginei você queria isso.

Afastado na ponta dos braços:

— O mesmo olhar inocente do menino. Você é inocente?

— Você bem sabe — e forcejando para atraí-la, conseguiu derrubar um brinco.

— Viu o que fez?

— Depois eu acho.

— Ai, que horror! Me solte um pouco. Que tal um cigarro?

Com dedos de ponta amarela acendeu um fósforo.

— Fuma demais.

— Tão aflita...

— Se quer, vou embora.

— Não — e segurou-lhe a mão, ainda com o fósforo. — Olhe: do lado que cair a cabeça está o meu amor.

A cabecinha negra rolou para ele.

— Gosta de mim, querido? Preciso tanto de alguém. Tão só desde que a mãezinha morreu.

— E teu marido?

— Coitado do Vivi.

Espreguiçavam-se nos cantos as primeiras sombras da noite.

— Quer umas uvinhas, querido?

Na ponta do filete ardia a brasinha — Ivone apresentou-lhe o prato com uvas geladas e um guardanapo engomado. No outro lado da mesa, o rosto em nuvem azul de fumaça. Cruzou a perna, exibiu o chinelinho de pompom vermelho.

— Nervoso?
— Nem um pouco.
— Eu sim. Nunca enganei o Vivi. Boa a uva, não é?
— Ótima. Você quer?
— Já provei.

Batia o cigarro no vasinho de cacto. Ali no ombro uma pinta de beleza.

— Um beijinho na tua pinta!

Na estremeção de peixe arisco:

— Sinto cócega. Ah, se o Vivi... Nem quero pensar!
— Onde é que ele está?
— Por aí.
— É bom para você?
— Muito. Atencioso, bem-educado.

Apanhou na radiola o retrato de moldura prateada.

— Se não é parecido com você. Por isso gostei dele. O primeiro beijo lá na varanda?

— Eu podia esquecer? — e roçou o lábio no ombro, errou a pinta. — Você era virgem?

— Que pergunta.
— É certo o que dizem do Vivi?

— Bem que noivo diferente. Pobre de mim, chorei de alegria. Moço prendado, falava línguas. Só beijinho de muito respeito. Uma educação inglesa. Depois você sabe...

— Que foi que houve?

— Abri de repente a porta: aos beijos com o filho do porteiro!

Aspirou o cigarro ao ponto de recolher as bochechas.

— Simpático teu apartamento.

— Quer conhecer?

Ivone indicou a cozinha. Abriu a porta do quarto:

— Desculpe a desarrumação.

O quarto em perfeita ordem, duas camas de solteiro. Desta vez conseguiu beijá-la, sem que retribuísse.

— Espere. Limpar os lábios.

— Mais um beijinho.

— Não quero manchar tua camisa.

Apanhou lenço de papel sobre a penteadeira. Ele observou as costas até achar a pinta — agora deixá-la nuazinha. Junto da cama, a lâmpada no garrafão azul.

— Muito original.

Olhando-o pelo espelho:

— Não é mesmo?

Voltou-se: rubros como antes, grossos de batom. Ele começou a beijar-lhe o pescoço, uma veia pulsava forte. Correu os dedos, esquecidos na nádega — louco por vestido com botão.

— Como é que é?

— O quê, meu bem?

— A gente tira?

— Que pressa, cruzes! — o biquinho de contrariedade. — Conversar um pouco.

— Tenha paciência, filha. Não é hora.

Aborrecida, afastou-se dois passos:

— Está bem. Tire a roupa.

Sacou o vestido pela cabeça, tanta prática que nem se despenteou. Ele tirou o paletó.

— Um cabide?

— Penduro aqui mesmo.

De costas, jogou a calça ao pé da cama. Virou-se e o que viu? Ela de sutiã, anágua, chinelinho de pompom. Em cueca, nosso herói investiu. Ergueu a saia, surpreendeu a coxa no espelho — a matrona é avó torta da donzela. Para se consolar, fechou o olho e fungou-lhe no pescoço. Repelão violento o fez cambalear:

— Que é? Que foi?

— Espere um pouco.

Acendeu o cigarro, apanhou no guarda-roupa uma toalha, que estendeu sobre a colcha encarnada.

Nelsinho despiu a cueca, apenas de camisa e sapato. Ela o encarou e, a mão atrás, abriu o sutiã: horrendo peito flácido. Excitadíssimo ao vê-la tirar a calcinha, só de anágua. Que se debateu aflita:

— E o brinco?

— Que brinco? Ah, depois eu acho.

— Como é apressado, que horror! Vou lavar as mãos.

— Agora não. Depois.

— Tem de ser já.

Sem se confessar deprimido, o herói exibiu-se no espelho, admirou as suas graças. De frente e de perfil, erguendo a aba da camisa — grande cadela, deixa estar, ela me paga!

Ivone saiu do banheiro, soltou a anágua, pisou sobre ela — nua, cigarro na boca! Desviou-se mais uma vez do abraço:

— Não tira o sapato?

Foi sentar-se na cama, acendeu novo cigarro na brasa do outro.

Nelsinho livrou-se do sapato. Trêmulo, beijava-lhe o braço, o pescoço, a orelha — lembra-se, querida, a noite na varanda?

— Cuidado. Eu te queimo.

Fumava sem pressa, a boca feroz, olho no teto.

— Sossega, meu bem. Olha a cinza na colcha.

Ergueu-se no cotovelo, amassou o cigarro no cinzeiro. De repente envolveu-o num abraço apertado. Sem explicação, deitou a gemer alto: *Ai, ai, ai!* Empurrou-o, sacudiu a cabeça:

— Bonito o teu olho esquerdo!

Agarrou-o com violência, entre ais lancinantes. O rosto afundado no cabelo, Nelsinho espirrou duas vezes.

— Que foi, bem? Resfriou?

— A velha asma.

Sem aviso, a defender-se com unha e cotovelo:

— Me machucando. Trocar de posição. Mais para baixo. De mau jeito. Não desmanche o penteado.

Ele seguia as instruções, frustrado e miserável. Ivone enlaçou-lhe o pescoço e beijou-o, a gemer fora de tom. No meio do beijo, estremeceu a pálpebra, aos poucos abrindo o olho. Fixou-o no fundo da pupila, franziu a testa. Nelsinho começou a resfolegar, lavado de suor frio.

— Nervoso, bem? — melíflua, suspirou a bela.

Em desespero, fechando o olho, tornou a beijá-la: boca escarninha, cheia de dentes. Fio de baba escorreu no queixo, ela desviou o rosto:

— Incomodou-se hoje, não foi?

Inibido pela expressão de censura, o sulco na testa acusadora, ainda pediu:

— Me beije, querida.

— Não fique nervoso. Já passa.

— Você é que sabe — a voz sumida.

— Isso acontece.

Na separação dos corpos suados um estalo obsceno. Nelsinho deixou-se rolar de costas.

— Pois é. Acontece a qualquer um — com amargura medonha na alma.

— Bem quietinho — as palavras untuosas de doçura. — Como eu e meu marido.

Compassiva, afofou o travesseiro, que descansasse a cabeça. Alcançou lencinho na gaveta, enxugou-lhe a testa em agonia. Dois cigarros na boca, acendeu-os, estendeu-lhe um.

— Primeira vez? — a menina inocente na varanda.

Não queria conversa, preocupado em não se distrair.

— Nunca me aconteceu.

— Será que das uvas? — os seios sacolejando com o risinho de pouco-caso.

— Se a gente ficasse de pé?

De pé, não deu resultado: a visão medonha da nádega no espelho. Depois, sentados. E deitados retomaram os cigarros. Nelsinho de costas, ela apoiada no cotovelo, a soprar-lhe a fumaça no olho. Com a mão livre, Ivone ofereceu entre o indicador e o polegar o seio opulento; sem entusiasmo, ele sorveu o leite mais triste. O coração pulsava no travesseiro e rangia no colchão. Tornou o suor a escorrer-lhe da testa.

— Igualzinho ao Vivi.

Ivone aspirou fundo, soprou deliciada pelo nariz: uma vez com um homem. Abordada na rua. Na própria lua de mel. Nunca soube quem era. Em vez de indignar-se, recolheu-o no apartamento. Tristonho, Nelsinho observava o desejo afoguear-lhe as faces, rouca de perturbação. Engoliu em seco: esmagou a boca de beijos, com receio de que o empurrasse para rematar a frase. Entreabriu o olho a gozar o triunfo, notou a ruga incrédula na testa. Ai dele! a exaltação gloriosa esvaiu-se em derrota sem remédio.

— Não se canse tanto, meu bem. Pode ter uma coisa!

Concluiu em sossego a história, na verdade muito interessante.

— Com calor? Que abra a janela?

— Fique quieta. — E com humildade. — Não sei o que... A primeira vez.

— Meu maridinho é bem assim.

A vez do herói acender os cigarros. No silêncio, choro de criança no apartamento vizinho, um relógio ao longe deu as horas. Último clarão do crepúsculo na janela. Chegou até ele a fragrância enjoativa do incenso: Deus, ó Deus, por que não morri de asma aos cinco anos?

Ivone saltou da cama, os peitos bamboleantes, foi apanhar um fósforo na sala. Voltou com o pratinho:

— Não quer acabar as uvas?

Deitado, beliscou dois e três grãos. Chupou o sumo, devolveu a casca, ao prato. Apanhou outro bago. Tão desconsolado, em vez de cuspir, engoliu a semente e a casca.

A noite da paixão

Nelsinho corria as ruas à caça da última fêmea. Nem uma dona em marcha vagabunda, os bares apagados.

Na estreita calçada esbarrou com dois vultos, depressa levou a mão ao bolso. Haviam-no apalpado com dedo indiscreto, não eram ladrões. Voltou-se e lá estavam, gesto lânguido, voz melíflua:

— Onde vai, bonitão?

Aqueles dois chamariam bonitão a qualquer bicho da noite. Dobrando a esquina, deu com a pracinha do bebedouro antigo — onde as mariposas?

A igreja quase deserta, imagens cobertas de pano roxo. Sem se persignar, Nelsinho avançou pela nave, o ranger da areia debaixo do sapato. Arriado de sua cruz, ali o velho Cristo, entre quatro círios acesos. No banco as megeras, véu preto e preta mantilha, olho à sombra da mão na testa. Uma prostrou-se no cimento, depositou beijo amoroso na chaga do pé.

Nelsinho escolheu a nota menor, deixou-a cair na bandeja. Espreitado pelas guardiãs ferozes do defunto, completou o giro, sovina de beijo. Observou a imagem pavorosa e reprimiu, não soluço de dor, engulho de náusea: Por tua culpa, Senhor, todos os bordéis fechados. Pomposa boneca de cachinho. Falas de sangue, ó Senhor, e não sangras — as viúvas nem espantavam as moscas na ferida aberta.

Escândalo das beatas, inclinou-se a visitante, saia preta, blusa verde, casaco vermelho. Cabeleira solta no ombro, cada gesto um estalo de couro, beijou o pé trespassado. Não olhou para Nelsinho; por mais que se ignorassem, eram os escolhidos. O herói atravessou o templo, deteve-se nos três degraus. Com a estiagem, brilhavam no largo abandonado as lisas pedras negras. A seu lado o furtivo farfalhar da courama. Fixando em frente, ele murmurou:

— Onde é que a gente vai?

— Ali na esquina.

Pequena pausa.

— Quanto tempo?

— O resto da vida, Madalena.

Desceram os degraus, a bela transferiu a bolsa para o ombro esquerdo, enfiou-lhe a destra no braço. Ele indicou um casarão decrépito:

— Sabe quem mora aqui? A grande paixão da minha vida — uma tal Marta. Casada com um bancário, Petrônio.

— Não fique triste, querido. Todinha do amor. Foi bem de Páscoa?

— De Páscoa ainda não fui.

— Ah, eu pensei... Não é hoje a Páscoa?

— Hoje é sexta-feira, minha flor. Que horas são?

— Quase onze.

— A própria noite da paixão. Amanhã é Aleluia.

— Que a gente ganha ovos?

— Dia de malhar Judas. Porventura sou eu, Senhor?

Envergonhada, apertou-lhe o braço:

— É, sim, meu bem.

No fundo do corredor uma harpia nariguda atrás da mesa.

— Vão pousar?

Os quartos da frente reservados por meia hora.

— Meu tempo está no fim.

A velha pediu à dama de couro a revista, que repontava da bolsa, e apanhou no escaninho a chave número nove. Nelsinho estendeu uma nota para a bruxa, apoiou-se na escrivaninha. A revista disputada entre as duas até que, sem aviso, a patroa correu o tampo e prendeu-lhe o dedo.

— Machucou, bem? — acudiu a velha, jubilosa, revista na mão.

— Não — com uma careta de dor soprava a unha.

— Foi sem querer.

Entregou a chave à sua companheira e o troco para ele. Lá se foram os dois para o famoso quarto, a cama de casal encostada à parede. Ao canto, a bacia no tripé; debaixo dela, o jarro com água. Cabelo no olho, a mulher não se mexia.

— Que foi?

— Tão triste que podia morrer.

A patroa confiscara a fotonovela, nunca mais iria devolver.

— Devolve, sim.

— Não é a primeira vez.

Ele suspendeu-lhe o queixo. Escondia o rosto, até que o olhou e sorriu, amorosa. Com susto, descobriu que era banguela. Nem um dente entre os caninos superiores — terei de beber, ó Senhor, deste cálice?

Para esconder a perturbação foi fechar a porta. Mal se voltou, ela veio ao seu encontro, envolvendo-o em couro úmido e carne rançosa. Que será de mim, Deus do céu? Pobre consolo, imaginou a dona mais fabulosa na cama. Esperança de ganhar tempo:

— Não tem medo, minha filha?

— De você, querido?

— Castigo do céu. A noite santa. O amor é maldito.

— O perdão dos meus pecados. Lá na igreja.

— Não minta, vai para o inferno. Quantas vezes entrou e saiu da igreja? À caça de homem.

— Deus me livre!

Agarrou-lhe a cabeça:

— Tão mocinho! Lábio grosso de mulher... Beijar tua boca.

— Se fosse o diabo? Perder a sua alma?

— Conversa é essa? Não gostou de mim. É isso?

Olho frio e perverso que, a uma palavra indiscreta, se incendiaria de fúria. O herói acovardou-se — a salvação é apagar a luz.

Desvencilhou-se dela, sacou o paletó, sentou-se na cama. A tipa conchegou-se, repuxou-lhe a cabeça, entrou a mordê-lo: ali no pescoço a falha dos dentes.

— Te morder todinho.

— Faça isso não — suplicou, espavorido.

— Tirar sangue!

Montada nos seus joelhos, completamente vestida, os pinotes faziam estralar a cama.

— Tome e coma: isto é o meu corpo.
— Você o amigo da Joana?
— Nem Joana nem Suzana.
— Então é meu.

Nelsinho abriu-se em sorrisos — eis o homem! Não quis perder o entusiasmo, pôs-se de pé. Abriu o laço da gravata. Ela puxou-o pela camisa e, à sua mercê, voltou a cavalgá-lo, sela nova rangendo. Ao retirar o casaco, a desgraçada fedia que era uma carniça. Inclinou-se sobre ele, o cadáver no caixão velado pela última carpideira.

— Teu corpinho feito para o amor?
— Esta noite, minha filha, o amor é pecado. Esta noite ele gera monstros.
— Tem a lábia do diabo.
— Tu o disseste — e entregou-se ao sacrifício.
— Quer que eu faça?

Agarrada a ele, sentados na cama, a saia acima do joelho, esfregava-lhe a perna grosseira e áspera.

— Que eu faça? — gritou terceira vez.

Na agonia do amor, sofresse até o último alento.

— Faça tudo, querida.
— Tudo o quê?
— O que sabe.

Apressada, desabotoava-lhe a camisa. Riscou-lhe nas costas a unha afiada — a do mindinho mais longa. Antes que refletisse no mistério, a sua voz impaciente:

— Apago a luz?

Cheio de medo, pediu que não. Debaixo dela, debateu-se em desespero:

— Espere um pouco. Perdi a abotoadura.

Tirou a camisa, de calça e meia. Foi acariciar-lhe o seio. Espantou-se da expressão distante, já desinteressada da cerimônia.

— Não esqueceu?

— Ah... Não te paguei?

Alcançou no bolso da calça uma nota, que ela escondeu no casaco. Sem mais demora, livrou-se do suéter. A decisão dela contagiou-o: Faça-se o que deve ser feito.

Diante da penteadeira, a bela admirou a imagem grotesca do poder e da glória:

— Tiro tudo?

Desatava o nó do cadarço, ergueu a cabeça:

— Tudo.

Ele subiu na cama para não arrastar a calça no pó. A mulher dobrou uma perna, depois outra, safando-se da saia preta de couro — a coxa com nervura azul de varizes. Sentou-se para enrolar as meias. Deixou cair o sutiã. Foi deslumbrar-se no espelho, o seio na mão. Buscou ali o olhar de Nelsinho — depressa ele o desviou. A criatura deu volta à cama. Enroscou-se nele, as unhas pelo corpo, estremecendo-o todo. Enfiou-lhe a língua na orelha — Que se faça tua vontade, Senhor, e não a minha.

Ao vê-lo deitado, grudou-lhe a boca no peito, lambeu a maminha: Poxa, isso que é mulher! Desceu a cabeça, sempre a beijar e, na altura do umbigo, rincho obsceno. Aos beijos tornou ao pescoço, logo arrepiou caminho e, no umbigo, outra vez o relincho de satisfação. Preparando para o sacrifício, espargia no corpo o bálsamo aromático. Agora fazia-lhe cócega no pé, escondendo-o no longo cabelo. O focinho rapace farejava a prenda secreta.

— Não morda.

Naquele instante ela abocanhou o queixo. Só sentia a língua. Aos poucos babujava e titilava ao redor da pombinha do amor — vai morder?

— Pare! — resistiu com toda a força. — Não faça isso.

Ela voltou a sugar o queixo. O herói alerta ao vazio dos dentes. Aterrado, defendeu-se com a mão no pescoço. Súbito a mulher recuou a cabeça. Cobrou fôlego, veio de novo, fungando. Quis morder, ele não deixou. Suspensa nos braços, o cabelo arrastando na colcha, todinha nua. A sacolejar o estrado, esfregava-lhe no peito os seios volumosos. Também nu, de meia preta, o rosto lambuzado de mil beijos. Sem jamais colher a flor do desejo, ela urrou de frustração — cravou-lhe os caninos no pescoço. Nelsinho alçou-se nas mãos, com ela aferrada ao ombro.

— Tiro sangue.

— Agora chega.

— Você não escapa — e encarniçava-se na perseguição feroz.

Último alento, berrou espavorido:

— Tem água aí? — Mal se acreditou livre, suspirou com alívio. — Encharcado de suor.

A criatura jogou-lhe uma toalha. Trouxe o jarro com água, retirou uma bacia de baixo da cama. Ele deu-lhe as costas, esfregava as mãos no sudário viscoso, ouvia o chapinhar na bacia. Sentiu comichão no pé, o bicharoco pedia a toalha. Quando percebeu, instalada outra vez a seu lado. Pudera, reclamava o beijo.

— Estou perdido! — gemeu do fundo da alma.

Ela começou tudo de novo. Corria a unha na espinha, ele se retorcia inteiro. Pastava-lhe o pescoço, lambia o mamilo, com sopro e relincho.

— Pare com isso! — E ao ver-lhe a expressão medonha: — Mais devagar.

— Antes queria, não é?

Todos dormem, ninguém me acode: agora fecho os olhos e desmaio de tristeza.

— O galo cantou três vezes.

Emburrada, a mulher coçava as perebas. Não se passou um minuto, a deslizar-lhe a mão furtiva no peito, logo na barriga. Soergueu-se no cotovelo.

— O corpinho dele. Tão magro e branco. O do outro.

Apoderou-se da mão, dava-lhe mordida ligeira. Nelsinho sofria o oco dos dentes. Implacável, ela insistia no encalço da boca. Aos poucos abateu-lhe a resistência — Deus meu, Deus meu, por que me desamparaste?

Em cheio a ventosa obscena, ó esponja imunda de vinagre e fel. — Está consumado.

Um grito selvagem de triunfo, beijava-o possessa, olho aberto. Ele apertou a pálpebra, não ver a careta diabólica de gozo.

Cada um levantou-se de seu lado. Já vestido, abriu a porta, sem se despedir. A mulher não envergara a primeira peça de couro.

O relógio da torre anunciava o fim da agonia. Na rua deserta as badaladas terríveis rasgaram o silêncio de alto a baixo. Nelsinho suspendeu o passo, a terra fugia a seus pés:

— Sou inocente, meu Pai.

CANTEIRO DE OBRAS

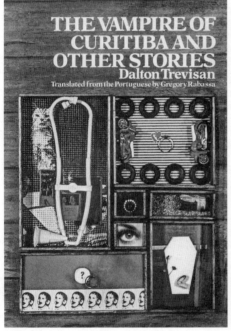

A coletânea de contos intitulada, em inglês, *The Vampire of Curitiba and Other Stories* foi publicada pela editora Alfred A. Knopf em 1972.

Trevisan injustiçado?

O sr. acha que é justa a acusação que muitos fazem à insistência de Dalton Trevisan em focalizar em todos os livros sempre as mesmas personagens, em situações ligeiramente diferentes?

Não, embora elas tenham até os mesmos nomes, João e Maria, cada vez ele está analisando uma faceta diferente delas. São sempre os mesmos Joões e Marias, mas superpostos dão um retrato coletivo do mesmo João e da mesma Maria, vistos sob diferentes aspectos. Isto é: podem aparecer nos contos cinco Joões e cinco Marias diferentes, mas na realidade são as mesmas pessoas em situações diversas, ou vistas de lados diferentes.

O tradutor define o autor

“ Dalton Trevisan não desperdiça palavras; é a concisão dos seus contos, uma concisão lucidamente voluntária, que desconcerta muita gente ao primeiro contato, mas que eu considero extraordinariamente eficaz. Além disso, o que me agrada em Dalton Trevisan é o seu humor negro, que existe em grande quantidade em seus contos. ”

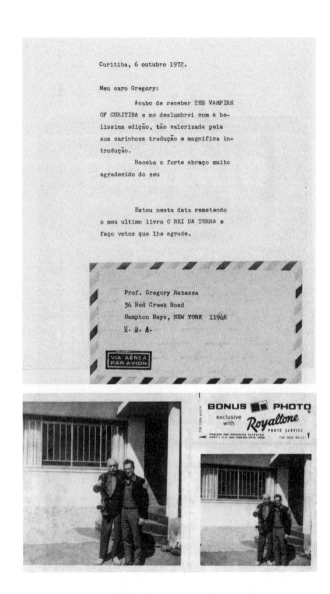

O editor Alfred Knopf (foto), ao retornar para Nova York de uma de suas visitas ao Brasil, perguntou ao tradutor Gregory Rabassa: "E esse tal de Dalton Trevisan?". Rabassa respondeu: "Ele é maravilhoso!".

opinião
Le Monde

ISRAEL, CESAR CALS, ARAÇÁ AZUL, FIAT

CORTÁZAR, BORGES,
ASTURIAS, FUENTES,
MACHADO DE ASSIS,
DALTON TREVISAN,
(em Manhattan)

© Dalton Trevisan, 1965, 2025

Todos os direitos desta edição reservados à Todavia.

Grafia atualizada segundo o Acordo Ortográfico da Língua Portuguesa de 1990, que entrou em vigor em 2009.

conselho editorial
Augusto Massi, Caetano W. Galindo, Fabiana Faversani, Felipe Hirsch, Sandra M. Stroparo
estabelecimento de texto e organização do canteiro de obras
Fabiana Faversani
capa
Filipa Damião Pinto | Estúdio Foresti Design
foto de capa
Nego Miranda, *A eterna solidão do vampiro*
canteiro de obras
Acervo Dalton Trevisan/ Instituto Moreira Salles
ilustração do colofão
Poty
preparação
Jane Pessoa
revisão
Érika Nogueira Vieira
Karina Okamoto

Dados Internacionais de Catalogação na Publicação (CIP)

Trevisan, Dalton (1925-2024)
O vampiro de Curitiba / Dalton Trevisan. — 1. ed. — São Paulo : Todavia, 2025.

ISBN 978-65-5692-815-9

1. Literatura brasileira. 2. Contos. I. Título.

CDD B869.93

Índice para catálogo sistemático:
1. Literatura brasileira : Contos B869.93

Bruna Heller — Bibliotecária — CRB 10/2348

todavia
Rua Fidalga, 826
05432.000 São Paulo SP
T. 55 11. 3094 0500
www.todavialivros.com.br

Publicado no ano do centenário de
Dalton Trevisan. Impresso em papel
Pólen bold 90 g/m² pela Geográfica.